「お前は魔女にでもなるつもりか」と
蔑まれ国を追放された王女だけど、
精霊たちに愛されて幸せです

登場人物紹介

CHARACTERS

メアリ

レイ王国の王女。
精霊の姿を見ることが出来るが故に、
妹と比べられて家族に虐げられてきた。
【魔の森】での暮らしが性にあっており、
日々楽しく過ごしている。

アキレス

セイタール帝国の皇子。
弟思いで、優しく誠実な
性格をしている。
放蕩皇子と呼ばれているが、
実は――？

メアリのことが
大好きな精霊たち。
水の精霊
樹木の精霊
風の精霊
ノエ
アキレスの側近。
ずば抜けた記憶力の
持ち主で策略家。
マルクス
セイタール帝国の皇子で
アキレスの弟。
【魔の森】で
メアリと出会い――?

目次

「お前は魔女にでもなるつもりか」と
蔑まれ国を追放された王女だけど、
精霊たちに愛されて幸せです

第一章　追放された先で

緑豊かなレイ王国、人間と精霊との間に生まれた初代国王レイマールが、精霊との共存を願って築いた国である。

元は荒れ果てた大地だったが、精霊たちの魔法により突如として湧水《ゆうすい》が溢れ出し、湖や川が生まれ、乾いた地面は瞬く間に花と草木で埋め尽くされた。

肥沃《ひよく》な大地と化したこの地に、やがて多くの人々が集まり、レイマール主導のもと、開拓作業が始まった。水源の確保、住居の建設や道の整備、耕された農地では穀物や果実がたわわに実り、豊作の年が続いた。また、高級木材の輸出によって潤沢《じゅんたく》な資金を得ると、ますます国は栄え、それは他国の知るところとなった。

当時、王国は精霊たちの結界魔法によって守られていたため、大国の王が軍を率いて押し寄せてきても、容易に撃退することができた。

こうして、精霊たちの協力によって栄えたレイ王国だったが、長い年月を経るとともに、人々は精霊の存在を疑い始め、やがて彼らのことを忘れてしまう。

なぜなら魔力を持たない普通の人間には、精霊たちの姿が見えないからだ。

精霊の存在を信じ、敬うのは魔力を持った人間――魔法使いだけ。

レイマール王亡き後、王国に魔力を持つ人間がいなかったため、精霊の存在を民に伝える手段がなく、書物等に記されるのみとなった。

これまで民は、実りの時期になると精霊たちに感謝の気持ちを伝えるために、収穫した作物の一部を彼らに捧げていた。しかし、そういった風習も徐々に消えて行き、農作物に不作や凶作の年がないことを不思議に思う人すら、いなくなっていった。

精霊の姿を見た、彼らの声を聞いた、などと言おうものなら、嘘つき呼ばわりされるか、様子がおかしくなったと思われてしまう。

それは王族の人間も例外ではなく、十八年前、第一王女として生を受けたメアリ・アンもその一人だった。

「嘘も大概になさいませ、殿下、さもないと手の甲を打ちますよ」

「嘘じゃありません、だって、精霊はそこにいるわ」

メアリは生まれつき、精霊の姿を見ること――もっとも姿が見えるといっても、彼らは人間よりも遥《はる》かに小さく、動きも素早いので、はっきりとその姿を捉えることは難しいのだが――や、声を聞くことができた。物心ついてからは彼らと話をすることもできたが、周囲には完全に変わった子どもだと思われていた。

「……手を出しなさい。片方だけではなく、両方ですよ」

精霊のことを口にするたび、教育係に躾《しつけ》という名の暴力を振るわれた。自分を守ってくれるはずの母はメアリが生まれてすぐに亡くなり、王宮で味方をしてくれる者は誰もいない。

けれどメアリも、ただ黙って嘘つき呼ばわりされていたわけではない。精霊の存在を証明するために、彼らの力を使って雨を降らせたこともあった。

しかしそれは逆効果で、信じるどころか逆に気味悪がられてしまい、「お前は魔女にでもなるつもりか」と父王から非難され、後妻である王妃や異母妹からは嘲笑された。

魔女は、占いや雨乞い、時には薬草を使って安価な民間薬を処方する女性のことをいい、職業にもなっている。医師による高額な医療行為を受けられない民間人にとってはありがたい存在であったが、王侯貴族にとっては蔑視の対象でしかない。


――どうして皆、精霊の存在を信じてくれないの？


史実にも記されているのにと、メアリは何度、悔しい思いをしたかしれない。

国が豊かであるせいか、おごり高ぶった現王族たちは、精霊たちによる恩恵を、歴代の王族たちや自身の努力の賜物《たまもの》だと思い込み、彼らの存在を信じるどころか、もはやおとぎ話の世界だと、建国の歴史すら軽んじるようになっていた。

その上、父王は美しい後妻に夢中で、我が子には無関心。家族に愛され、可愛がられる異母妹とは対照的に、メアリに対する周囲の態度はいっそう冷たくなっていった。

「お姉様の目、見れば見るほど気味が悪いわ」

「あら、そうかしら」

「そうよ。まるで蛙みたい。あたし、蛙って大嫌いよ」

黒髪黒目の多いレイ王国において、緑色の目をした自分は珍しく見えるのかもしれない。

顔立ちも、可愛らしい異母妹に比べて花がない、整いすぎて人形のよう、何を考えているのか分からなくて気味が悪い、などと使用人たちから陰口を叩かれていたが、メアリは気にしなかった。

全て母から譲り受けたものだったからだ。


――それに私は、蛙、好きだもの。


子どもの頃は毎日が辛くてたまらなかったけれど、隣国の皇太子と婚約してからは、こんな自分にも国のためにできることがあるのだと思い、歓喜した。

何より、理由は分からないが、父王が異母妹ではなく自分を選んでくれたことが嬉しかった。

広大な森林を挟んで西にある隣国のセイタールは、レイ王国よりも遥《はる》かに広大な領土を持つ大帝国である。

同時に軍事国家としても知られているため、レイ王国は常に隣国の顔色をうかがいつつ、侵略の危機に怯えていた。

それらの不安が今回の政略結婚によって一気に払拭されるのだから、メアリ自身、そんな大役を任されて、誇らしさでいっぱいだった。

お妃教育は想像を絶する厳しさだったけれど、周囲の期待に応えたいという思いが強く、教育を終えた時は涙を流して喜んだものだ。


——それがどうしてこんなことに……


メアリは現在、王宮ではなく、国から離れた森の中にいた。

たった一人、みすぼらしい姿で、わずかばかりの荷物を手に、森の中をさまよっていた。

遠くで獣の鳴き声と思しき声が聞こえたが、少しも恐ろしいとは思わなかった。

「人間のほうが、よほど恐ろしいわよ」

夕闇に照らし出された、不気味な森の奥地で、メアリはつぶやくように言った。

——アメリアにはやられたけど、結果的にこれでよかったのかもしれないわ。

異母妹であるアメリアに婚約者を奪われた挙句、第二王女暗殺未遂の濡れ衣を着せられ、メアリは身一つで国外追放となった。前から妹が隣国の皇太子妃の座を狙っていたことは知っていたが、まさかここまでやるとは思わなかった。

——処刑されなかっただけマシかしら。

メアリは自嘲《じちょう》気味に考えた。

隣国の皇太子である婚約者に愛情はなかったものの、この国のため——王家の女に生まれた者の務めだと考え、未来の皇太子妃として必死に努力してきたつもりだ。

しかし当の婚約者は、見た目だけは可憐で庇護《ひご》欲をそそる妹にあっさりと乗り換え、冷酷にも、書面で婚約破棄を言い渡してきた。

——あんまりよ。

そこにきて第二王女暗殺未遂の嫌疑をかけられて、半ば自棄になっていたのかもしれない。

もうどうとでもなれとばかり、メアリは自己弁護することなく黙秘を貫き——結果、気づけば馬車に乗せられ、自国から離れた【魔の森】に強引に投げ入れられたわけだが。

「どうせ私がここで野垂《のた》れ死ぬか、魔物に殺されるかするだろうって思っているんでしょうけど」

そうはいくかと背筋を伸ばす。

レイ王国とセイタール帝国の境に広がるこの森は、人を寄せ付けない【魔の森】として知られている。森には魔物と呼ばれる恐ろしい化物がいて、迷い込んだ人間を食らうのだという言い伝えがあるものの、正しくは【精霊の森】であることをメアリは知っていた。

――普通の人は精霊の姿を見ることも、声を聞くこともできないから。

ゆえに彼らは無敵だ。

基本的に人畜無害だが、自分たちの住処《すみか》を守るためなら、人間を殺すことも厭《いと》わない。

――でもなぜか、私には優しくしてくれるのよね。

彼らはメアリに精霊しか知らないであろう様々な知識を授けてくれた。【魔の森】が正しくは【精霊の森】だと教えてくれたのも精霊たちだ。

もしかすると、亡き母ならば理由を知っていたのかもしれないが、今は考えても仕方がないことだと頭を切り替える。

それより、これから先のことを考えないと。王宮にいる誰かが助けに来てくれるなんて、はなから期待していない。

頼りになるのは自分だけ。

――生き延びるのよ。なんとしてでも。

これまでずっと、家族に認められたい一心で、自分を押し殺して生きてきた。王女としての義務を果たして、国に生涯を捧げるつもりだったのに。

――これからは、他の誰のためでもない、自分のために生きるわ。

そして必ず幸せになるのだと、決意する。

『お前は魔女にでもなるつもりか？』

蔑むような目で自分を見下ろす父王の言葉を思い出して、「それも悪くないわね」とつぶやく。

ともあれ、今は日が沈む前に、今夜の寝床を見つけなければ。

「ここなんてどうかしら」

うっそうと生い茂る森の中、細い獣道を抜けてひらけた場所に出たメアリは、辺りを見回して微笑んだ。

ここなら、太陽の光が地面まで届いて明るいし、枯葉がたくさん落ちているから、固い地面で眠るよりはマシだろう。

「あの、ここに私の家を作ってもいいかしら？」

家といっても、王宮から持ってきたボロ布をただ地面に敷くだけのつもりだったが。

メアリは当然のように近くにいた精霊たちに許可を求めた。

彼らはそんなの必要ないと言ってくれるけど、けじめは大事だとメアリは考えている。

生まれた時からそばにいてくれる精霊たちは、自分にとても優しい。

だからといって、彼らに甘えたり、彼らを従わせたりすることはできない。

なぜなら彼らは大いなる力を持った高位の存在であり、敬意を払うべき相手だからだ。そのことをメアリは生まれた時から知っていた。もしくは本能で感じたと言うべきだろうか。

だからこそ、精霊の存在を疑い、軽んじる人々の気持ちが理解できないし、ああなりたいとも思わない。

「……嘘でしょ」

突然、目の前に巨大な樹木が生えてきたかと思うと、幹の部分がパンを焼いたときのようにぷぅと膨《ふく》らんで、一軒家のような形を成す。

と思ったら、視界をきらっと光る無数の何かが横切り、幹に飛びついて作業を始めた。

おそらく樹木に宿る精霊たちだろうが、何をしているのだろうと目を凝らすと、

「まあ、扉を作ってくれたのね」

メアリの声に応じるように、光が瞬く。


――しかも窓まで。


窓枠にはめられているのは、薄い板状に削られた水晶のようだ。

「なんて綺麗なの」

うっとりしながら扉を開けると、中は空洞になっていて、結構な広さがあった。新鮮な木々の香りに癒されつつ、温もりを感じる分厚い幹の壁に守られて、メアリはほっと息をついた。

「ありがとう、ありがとう」

お礼を言っているあいだも、精霊たちは風のように中に入ってきて、あっという間にベッドや椅子、テーブルまで用意してくれた。それに調理用の暖炉まで。

王宮にいた頃は、人目を気にして極力精霊の姿を見ないようにしたり、彼らの声に応じないようにしたりしていたものの、今はそれすら申し訳なく感じた。

「こんなに良くしてくれて」

室内が整うと、今度は新鮮な果物やお茶用のハーブが次々と運び込まれ、瞬く間にテーブルを埋

め尽くした。

それから精霊たちはメアリにゆっくり休むように言い、再び風のように外へ飛び出てしまう。

朝から何も食べていないせいか、空腹に耐えかねて、メアリは林檎《りんご》を一つ手にとった。

唾液がこみあげてくるのを感じながら、一口かじる。


——美味しい。


近くには澄んだ川も流れているし、煮沸《しゃふつ》すれば飲料水にできるだろう。いったん外へ出たメアリは、王宮から持ってきた僅かな荷物をいそいそと家の中に持ち込んだ。

「護身用のナイフを隠し持っていて良かったわ。それに調理器具もなんとか持ち出せたし」

自分に救いの手を差し伸べてくれた精霊たちには、いつか必ず恩返しせねばと決意しつつ、メアリはたらふく果物を食べ、優雅にお茶を飲んだ。

腹が膨《ふく》れて眠くなると、柔らかな草木で作られたベッドに寝転んで、うーんと背伸びする。

「ああ、幸せ」

今頃、王宮の誰もが、王女メアリは死んだと思い込んでいるだろう。

現に【魔の森】に入って、生きて出られた者は誰もいないのだから。

「絶対……あの人たちの思い通りには……ならないんだから……」

うつらうつらしながら言い、メアリはそっと目を閉じた。

◇

『よろしいですか、殿下。精霊など、この世には存在しないのです』

『未来の皇太子妃として、ふさわしい振る舞いを』

『お美しいユワン殿下に、魔女みたいなお姉様はふさわしくないわ』

はっと悪夢から目を覚ましたメアリは、周囲を見回してほっとした。

ゆっくりと上体を起こしながら、ここが【魔の森】にある一軒家であることを思い出す。

「……なんかいい香りがする」

見れば、テーブルの上に甘い香りのするハーブティーが置かれていた。

王宮にいた頃も、悪夢にうなされて目を覚ますたびに、美味しいお茶が用意されていたので、てっきり気の利く侍女が用意してくれたものと思っていたのだが。

「あなたたちだったのね」

ベッドの脇に腰掛けた、小人の姿をした精霊に微笑みかけると、はにかむような笑みを浮かべてぱっと姿を消してしまう。たいていの精霊たちは恥ずかしがり屋で、ほとんど口をきかない。

メアリに積極的に話しかけてくる精霊のほうが珍しく、他の精霊たちは頷《うなず》いたり微笑みかけてきたりするだけだ。

それでも今にして思えば、辛い王宮での生活に耐えてこられたのは、彼らの存在があったからかもしれない。椅子に座って、味わうようにお茶をすすりながら、

「これからどうしよう？」

と思わず不安が口からこぼれてしまう。

すると、透き通るような水色の帽子をかぶった少年の小人――おそらく水の精霊だろう――が、メアリの腕によじ登りながら言った。

『ずっとここにいればいいよ』

『そうだよ、メアリ。僕たちが守ってあげるから』

気づけば少年の隣にはもう一人いて、緑色の帽子をかぶったやんちゃそうな子どもの姿をしていた。風の精霊らしく、ふわふわと長い髪をなびかせている。

『私たちと一緒に暮らしましょう』

そう耳元で囁《ささや》いてくれたのは、茶色の帽子をかぶった女の子の小人。大きな枯葉の上に座って、ぷかぷかと宙に浮かんでいる。きっと樹木の精霊だろう。

いつもメアリの一番近くにいて、話しかけてくれるのがこの三人で、他の精霊たちはつかず離れずの距離を保ちつつ、入れ替わり立ち替わりしている。

彼らには名前がないので、たまに呼ぶ時、不便に感じることもあるが、精霊に名前を与えるとい

う行為は主従関係を結ぶのと同じことなので、安易に呼び名をつけるわけにはいかない。

「気を遣わせてしまってごめんなさい」

口々に優しい言葉をかけられて、不覚にも涙ぐんでしまった。

「あなたたちの気持ちは嬉しいけれど、これ以上、迷惑はかけられないわ」

『遠慮することないのに』

『そうだよ、メアリ。なんたって君は、我らが女王陛下のおまご……』

『わー、言っちゃダメっ』

何やら揉《も》めている様子なので、おろおろしてしまう。

「ごめんなさい、私の言い方が悪かったのなら謝るから。喧嘩《けんか》しないで」

『君のせいじゃない』

『そうさ、君のせいじゃない』

『だからそんな顔しないで』

小さな手によしよしされて、メアリは自然と笑みを浮かべる。

『だいたい、ここを出てどこへ行くつもりさ？』

『そうだよ、外は危険でいっぱいだよ』

『ここなら、メアリも幸せに暮らせるのに』

人間の言葉は信じられなくても、生まれた時からそばにいる彼らの言葉なら容易に信用できた。

この森がいかに暮らしやすく安全か、精霊たちに力説されて、

「そうね、どのみち、私に行くあてなんてないし」

と思わず自嘲《じちょう》してしまう。

はなから、元の生活に戻りたいとも思わない。

王女としてのメアリは死んだ――殺されたも同然なのだから。

「今の私は、ただのメアリ……いっそのこと魔女のメアリも悪くないかも」

つぶやいて、うんと頷《うなず》く。それに薬草については人間よりも精霊のほうが詳しいだろうし、ここで学べることも――むしろ学ぶべきことが多々あるはずだ。

「お言葉に甘えて、お世話になります」

ぺこりと頭を下げた直後、『やったぁ』とあちこちで歓声が沸いた。

声だけでなく、部屋のいたるところに精霊たちの姿が見え隠れしている。

一体いつの間に、これほど大勢の精霊が家の中に入り込んでいたのかと、メアリは呆気《あっけ》にとられ、次の瞬間には笑い出していた。

◇

森に来て数日が経っていた。

精霊たちに案内された森の奥地で、メアリは薬草やキノコ採りに夢中になっていた。

誤って毒草や毒キノコを採らないよう、精霊たちに確認しつつ、安全なものだけ摘《つ》んでいく。

帰る途中で好物であるブルーベリーの茂みを見つけた時は、嬉しくて飛び上がった。

家に帰ると、さっそく料理を始める。

キノコは焼いて食べても美味しかったが、残りは乾燥させて保存食にすることにした。

塩や砂糖があれば、ピクルスや果物のジャムが作れると精霊たちに教えられ、いつかぜひとも手に入れようと心に決める。

昼食の後、ブルーベリーをつまみながら、熱いお茶を飲む。

やることがありすぎて、体はぐったり疲れていたが、メアリは幸せだった。

掃除や洗濯をして、自分の住まいを居心地よく整え、自分で採ったものを自分で料理する。たったそれだけのことなのに。

午後の時間は、野菜畑を作るための庭仕事に充てた。雑草を抜いて、土に埋まった小石を取り除く。大きなミミズを見つけてもメアリは驚かず、そっと地面に戻した。

なぜだろう、見るもの全てが美しく、輝いて見えるのは。

――ああ、これが自由ってやつなんだわ。

これまで考えたこともなかった。

国民の模範となるべく厳しく躾《しつ》けられ、王族としての義務や貴族社会のルールに縛られて、言いたいことも言えず、やりたいこともできず、愛の無い結婚を押し付けられて、それが当然だと思っていた。誇らしくすら、思っていたのに。


——まるで視界が開けたみたい。なんだか清々しい気分だわ。


ここでは何をしても責められないし、お仕置きされることもない。

言いたいことが言えて、やりたいことができる。馬鹿にされることもなければ、異母妹と比べられて惨《みじ》めな気持ちになることもない。


——ここに来られて本当に良かった。


快く迎えてくれた精霊たちには感謝してもしきれない。

鼻歌を口ずさみながら、庭仕事を続ける。

いくら土に触れても、服を汚しても、誰にも叱られないことが嬉しくてたまらない。

必要以上に動きすぎているという自覚はあったものの、やることなすこと楽しくて、じっとなんてしていられなかった。

家事や畑仕事の合間に民間薬にも挑戦してみようと、精霊たちに教えを請いながら、様々な薬草やミツロウ、植物油を使って、軟膏《なんこう》も作ってみた。試したところ、薬草の効能だけでなく保湿や抗菌作用もあり、メアリはこの発見を喜んだ。

また、お茶好きなメアリは、健康に良いといわれている薬草茶にも力を入れていた。乾燥させたドクダミやイチョウの葉、カキの葉などを使い、少しでも青臭さを消して、飲みやすくなるよう、ブレンドしたりして、独自の研究に没頭した。

このまま人知れず、自給自足の生活を送ることがメアリの望みだったが、そうもいかないようだと、ほつれたスカートの裾《すそ》をつまみながら、ため息をつく。


——さすがに着るものがないと困るわよね。

それに欲を言えば、糸や針も欲しい。一度、それらを買いに街へ行かなければならないだろう。けれど万が一、自分が第一王女だとバレてしまったら？　と思うと、勇気が出なかった。

——それにまだ、人に会うのは少し怖い。

結局いくら考えても街へ行く決心がつかず、そうこうしているうちにお腹が鳴った。

「今日のお昼は何を作ろうかしら」

首を傾げながら食料庫にある食材を眺めていると、今まで見かけなかった小さな袋を見つけた。中をのぞいてみると、白い粉のようなものが入っている。

「あらこれ、小麦粉だわ」

他にも砂糖やお塩が入った袋もあって、

「どうしたの？　これ」

近くにいる三人組の精霊――この精霊たちは仲良しらしく、いつも三人で行動している――に訊《たず》ねると、彼らは律儀に答えてくれる。

『森で拾った』

『そう、拾った』

『メアリ、欲しがっていたでしょう？　だから持ってきたの』

不思議に思いつつも、感謝する。

「ありがとう、おかげでパンケーキが作れるわ」

パンケーキといっても、小麦粉に少量の水と砂糖を加えて焼いたもので、薄焼きのパンと言ったほうが正しいかもしれない。

けれどブリーベリージャムをつけて食べると、とても美味しかった。

「卵とミルクがあったら、もっとふっくら焼けるのだけど」

翌日、精霊たちが野鳥の卵を持ってきてくれたので、ふっくら焼いたパンケーキの他に甘めのスクランブルエッグも作った。

庭仕事も順調で、植えた野菜の種から芽が出た時は、素直に感動した。まるで我が子の成長を見守る母親にでもなったような気分で、メアリは野菜作りに精を出した。


――私、こんなに幸せでいいのかしら。


衣食住の衣はともかく、この森にいる限り食べ物には困らないし、雨風しのげる家もある。

メアリにとっては楽園のような場所だったが、

「何よ、これ……」

ある時、それを見つけてしまい、この森が【魔の森】と呼ばれる理由を、身を以て知ることになる。メアリが偶然見つけたそれは人骨だった。それも一つや二つではない。

『あーあ、見つかっちゃった』

『気を悪くしないでね、メアリ』

『これには事情があるの。ちゃんと説明するから、取り乱さないで』

精霊たち曰く、【魔の森】は精霊の女王が張った結界に守られていて、普通の人間には住めない環境になっているらしい。

もしも人間がこの森に足を踏み入れようものなら、森から出られず餓死《がし》するか、森にいる人食いの魔物に襲われて、食べられてしまうそうだ。

レイ王国に伝わる言い伝えはどうやら本当だったと今さらながら驚きつつ。

「そんな魔物、私はまだ見たことがないわ」

『人間にとっては恐ろしい化物かもしれないけど』

『森や僕らにとっては頼もしい守護者だよ。もちろんメアリにとってもね』

『普段は眠っていて、必要のない時は出てこないの』

森に入っただけで殺されてしまうなんて、あまりにひどい、残酷すぎると思ったものの。


――無関係の私が偉そうに言える立場じゃないわね。


と思い直す。

「あなたたちの女王陛下に、お話を聞くことはできるかしら？」

『いくら君の頼みでもそれは無理』

『女王様は深い眠りについておられるから』

『いつ目を覚ますのか、あたしたちにも分からないの』

女王が眠りについたのは、結界を張った直後らしい。おそらく魔力を使い果たしてしまったのだろうと、精霊たちに説明されて、メアリは胸を痛めた。

女王がなぜそこまで人間を憎むのか――今のメアリには理解できるような気がした。

そして、精霊たちが一体どこから小麦粉や砂糖を運んでくるのか、ずっと不思議だったけれど、その謎が解けて、ちょっと怖くなってしまった。聞けば、死体から奪った装飾品や金目のものを近くの村に持っていき、小麦粉や砂糖と交換していたらしい。メアリのために人間のふりまでして。

――やっぱり街へ行って、自分のお金で買うべきよね。

とは思うものの、やはり決心がつかず、日にちばかりが過ぎていく。

第二章　運命の出会い

楽しい日々はあっという間に過ぎてしまい、【魔の森】に来てひと月が経った頃。

『侵入者だ』

『森に侵入者がいる』

『排除しよう』

メアリの近くにいた精霊たちがにわかに騒ぎ出した。

鼻歌を口ずさみながら庭仕事をしていたメアリは、立ち上がって土埃《つちぼこり》を払うと、

「侵入者って？」

首を傾げて訊《たず》ねる。

『人間が一人いる』

『人間の子ども』

『排除しなきゃ……』

精霊は何よりも住処《すみか》を重んじる。縄張り意識の強い種族だ。侵入者は決して生きて帰さない。

この森に住んでみて、実際に現場を目の当たりにしているメアリは、

「子どもはダメよっ」

と反射的に叫んでいた。

居候の身で、精霊たちに偉そうなことは言えないと分かってはいるものの。

「お願い、その子には手出ししないで」

『生きて帰せば、森の掟に反することになる』

彼らの声は、いつもの無邪気なものとは違って、ぞっとするほど冷ややかだった。

『奴らは森を破壊する』

『私たちの大切な住処《すみか》を……』

彼らの言い分ももっともだと思うけれど、

「でもその子、誤って迷い込んでしまっただけかもしれない」

メアリはメアリで必死だった。

簡単に人の命を……子どもの命を奪って欲しくないと、説得を試みる。

「きっと心配している人がいるはずよ。一度でいいからチャンスをあげて」

『なら、どうするの？』

「私をその子のところへ案内してちょうだい。必ず外へ連れ出すから」

そして、もう二度とこの森に近づかないよう、言い聞かせると言った。

「お願いよ」

『あなたの望みであれば』

『今回だけは見逃そう』

『尊き女王の血に免じて』

最後の言葉の意味はよく分からなかったものの、胸を撫《な》で下ろして感謝する。

「ところで、その子は今どこにいるの？」

こっちだと無数の光に案内されて、メアリは駆《か》け出した。

「そうだわ、もう一つだけ、あなたたちにお願いがあるのだけど」

◇

木の根元でうずくまっている少年の姿を見つけて、一瞬だけ血の気が引いた。

けれど近づいてみると、怪我をしている様子はなく、ただ歩き疲れて眠っているだけだと分かり、ほっとする。

「ねぇ、あなた、起きて」

揺り起こすと、少年はのろのろと顔を上げた。歳は十二、三歳くらいか。少女のような愛らしい顔立ちに反して、意志の強そうな目をしている。レイ王国の民でないことはひと目で分かった。王国の者は黒髪に黒目が一般的だが、少年の目は青く、髪は黄金色に輝いていたから。

もっともメアリは髪の毛が黒いだけで、瞳の色は母親譲りの淡い緑色をしており、魔女のようだと蔑まれたのもそのためだった。王国の人間は異質な存在をひどく嫌う。

一方の少年は、メアリを見上げて呆然《ぼうぜん》としていた。

「……どうして【魔の森】に人が？」

それはこちらの台詞だとメアリは言い返す。

「あなた、迷子なの？」

「そう見えますか？　恐ろしい魔物が巣食うこの森に、自ら足を踏み入れるような愚《おろ》か者だと？」

その皮肉めいた表情と大人びた言葉遣いに、メアリはあらためて少年の姿を見下ろした。

身なりからして、おそらくセイタール帝国の人間だろうが、それにしても――

――貴族かしら？　それに彼の顔、どこかで見覚えがあるわ。

思い出した。

「セイタール帝国第三皇子マルクス・タリウス様」

心の中で言ったつもりが、声に出てしまったらしく、少年は――マルクスははっとしたようにメアリを見る。

「僕のことを知っているのですか？　あなたは一体……」

――精霊にお願いして、姿を変えてもらって良かった。

おそらくマルクスの目には、黒髪に黒目の、どこにでもいるような平凡な娘として映っているに違いない。

「説明はあとで。とりあえず、この森から出ないと」

名前を言い当てられ、しばらく警戒したようにメアリを見返していたマルクスだったが、

「知らないのですか？　この森に入ったら最後、魔物に食われるか、餓死《がし》するまでさまよい続けるかのどちらか」

だから自分はここに投げ込まれたのだと言われ、メアリは息を呑《の》んだ。

「もしかしてあなたがその魔物ですか？」

「いいえ、違うわ」

「だったら幻だな。その上幻聴まで聞こえるなんて、僕はきっと、おかしくなってしまったんだ」

メアリのことを自身が生み出した幻だと思い込んでいるらしく、

「皇子であるあなたを、誰がこのような場所に……？」

彼は虚《うつ》ろな表情を浮かべて答えた。

「皇太子とはいえ、ユワン兄上は昔からお体が弱く、病気がちだ。そして僕たち兄弟を毛嫌いして

おられる。正室の子である兄上とは違い、僕たち兄弟は妾腹《しょうふく》の子だから」

端正だが神経質そうな顔をした皇太子の顔を思い出して、メアリは眉をひそめた。

婚約者である自分を切り捨て、あっさり妹に乗り換えたのも、メアリの母親が平民出身だと知ったからかもしれない。

「本当なら、皇太子にもっともふさわしいのは、アキレス兄上であるのに」

セイタール帝国第二皇子アキレス・クラウディウスは、メアリと同じ歳の青年である。レイ王国では女たらしの放蕩《ほうとう》皇子として有名だが——そのことを口にすると、マルクスは憤慨したように言った。

「アキレス兄上は誰よりも賢く、お強い方だ。だからあえて愚《おろ》か者のふりをしているのです」

でなければとっくに暗殺されていると、苦々しい口調で続ける。

「ユワン兄上は、皇太子としての地位を守るためなら、どのような手段も厭《いと》わない、恐ろしい方ですから。現に僕を城から連れ去り、この森へ投げ入れたのも、ユワン兄上の息がかかった者たちでした」

——ひどい。

マルクスの姿が自分の姿と重なり、メアリはたまらず彼に手を差し伸べていた。

「だったら、何がなんでも生きて、ここを出ないと」

強引に彼の手を掴んで立たせると、そのまま急ぎ足で歩き出した。メアリに掴まれた手を呆然《ぼうぜん》と見下ろしながら、「幻……じゃない？」とマルクスははっとしたらしく、

「どこへ行くつもりですか？」

驚いたように訊《たず》ねてくる。

「ついてくれば分かるわ」

マルクスを安心させようと笑顔で答えつつ、精霊たちには小声で話しかける。

「森の周辺付近で、殿下を捜している方はいないかしら？」

『馬に乗って、まっすぐ森に向かってくる人間が一人いるよ』

『金色の髪に金の目をした、男の人間』

『若いセイタール人よ』

おそらく皇子の従者に違いないと、胸を撫《な》で下ろす。

「私たちをそこへ案内してくれる？」

◇

明滅する光のあとをついていくと、それほど歩くことなく木々の切れ目——森を抜けることが

できた。

本来なら、広大な森の中で迷子になった少年を見つけるだけでも、多大な時間と労力を要するというのに、

「ありがとう、あなたたちには感謝してもしきれないわ」

全ては精霊たちの力によるものだと、メアリには分かっていた。

一方のマルクスは、自分の目が信じられないようで、呆然《ぼうぜん》としている。

「まさか、生きて【魔の森】から出られるなんて……」

メアリはあらためてマルクスに向き直ると、このような奇跡は二度と起きないこと、そして国に戻った際は、誰もこの森に近づかないよう、あらためて注意喚起して欲しいと言った。

「……あなたは本当に何者なのですか？」

きらきらと輝く目を向けられ、答えをはぐらかすように、メアリは前方を指さした。

「ほら、お迎えの方がいらしたわよ」

弾かれたように顔を向けたマルクスは、

「兄上っ」

と叫んで駆《か》け出す。

「アキレス兄上っ。僕はここですっ」

てっきり従者だと思い込んでいたが、違ったようだ。

セイタール帝国に三人の皇子がいることは知っていたが、放蕩《ほうとう》皇子の名の通り、第二皇子は毎回公務を欠席しているため、彼の姿を見るのはこれが初めてだ。

マルクスよりも濃い金髪に太陽を思わせる黄金色の瞳、美しいと称されるユワン皇太子よりも、よほど繊細で整った顔立ちをしている。

弟の行方を知って、居ても立ってもいられなくなったのだろう。

減速した馬から飛び降りると、彼は満面の笑みを浮かべて弟を抱え上げた。

「マルクス、無事だったかっ」

「どうして僕がここにいると分かったのですか？」

「お前を誘拐した者たちを捕らえて吐かせた。幸い目撃者がいたからな。【魔の森】に投げ込まれたと知った時はもうダメかと思ったが……」

「あの女性が助けてくださったのです」

兄弟の再会に水を差すまいと、静かにその場から立ち去ろうとしたメアリだったが、

「お待ちくださいっ」

慌てたようなマルクスの声に、思わず足を止めてしまった。

「名を……まだあなたの名を聞いていません」

名乗るほどの者ではないとメアリは黙ってかぶりを振る。

しかしマルクスは兄の手から離れて駆《か》け寄ってくると、

「でしたらこれをお受け取りください。今、あなたに渡せる物といったらこれくらいしかなくて……」

強引に手渡されたそれは、女性ものの指輪だった。

金製で、見事な細工が施されている。

かなりの値打ちものだとひと目で気づいた。

「受け取れないわ」

慌てて返そうとするものの、

「マルクス、俺にも彼女を紹介してくれないか」

近づいてきたアキレスの姿を見た瞬間、メアリはくるりと踵《きびす》を返した。

彼を前にした途端、乱れた髪の毛やボロボロのショール、土で汚れたドレスが気になってしまい、反射的に逃げ出してしまったのだ。

途中で指輪を返しそこねたことに気づいて、足を止めた時にはもう、

『どうしたの、メアリ？』

『彼らはもう、行っちゃったよ』

『畑作りの続きをしようよ』

いつの間にか森の奥地にある家の前に移動しており、メアリはふうと息をついた。

どうしてだろう、胸がどきどきする。妙に気持ちが高ぶって、落ち着かない。

久しぶりに人に会って話をしたせいだろうか。

アキレスの顔を思い出して、それだけでは説明のつかない何かを感じた。

――王族でも、仲の良い兄弟はいるのね。

再会を喜ぶ二人の姿には、正直、胸を打たれるものがあった。

半ば人間不信に陥《おちい》っていたメアリだったが、弟を救うためにまっすぐ【魔の森】に向かってきたアキレスと、そんな兄に絶大な信頼を寄せるマルクス――そんな彼らの姿を見て、自分もこのままではいけないと強く思う。

――私もあんな風になりたい……ならないと。

そうすればきっと、今よりもずっと強くなれる。前に進めると思った。

レイ王国では誰もがメアリに冷たかったけれど、他の国でもそうだとは限らない。

――まずはこの、人間不信なところから治さないと……

思考が前向きになると、なんだかわくわくしてきた。

◇

「そろそろ、街へ買い物に行こうと思うのだけど」

精霊たちのおかげで、簡単な家事ならこなせるようになったし、彼らが新鮮な果物や栄養価の高い木の実を、毎日のように届けてくれるおかげで——また、畑の野菜もすくすく順調に育っているしで、食料には不自由していない。

では何が必要なのかと精霊たちに訊《たず》ねられて、

「肌着が数枚と、替えの服があったらいいなと思って」

メアリは羞恥心を押し殺して答える。

着の身着のまま王国から追放されてしまったので、護身用のナイフや調理器具以外で、持ち出せたものは何もない。

今身につけているものといえば、部屋着用の簡素なドレスだけ。

「靴は、あなたたちが作ってくれた木靴で十分なんだけど」

洗濯した服はすぐさま精霊たちが風の魔法で乾かしてくれるとはいえ、さすがに一着だけだと、心もとない。

もっともその前に、お金を稼ぐ必要があるのだが、

「まず髪の毛を切ってお金に換えるわ。女性の長い髪の毛は、セイタールの街では高値で売れるらしいの。カツラを作る材料になるんですって。特にセイタールでは黒髪が人気らしいから。あと、あなたたちと一緒に作った民間薬を、青空市場で売ってみようと思うの。実際に試してみて、よかったから」

頭の中で、既に計画はできていた。

髪の毛はまた伸ばせばいい。セイタールの市場へは、視察で一度訪れたことがあるので、だいたいの流れは掴んでいるつもりだ。

『いいんじゃない？』

『メアリの好きにしなよ』

『髪の毛が短くなっても、メアリはメアリだし』

精霊たちの許可を得ると、メアリは早速支度を始めた。

「飲み薬は、さすがに瓶がないと無理だから、木の器に詰めた塗り薬を持って行くわ」

籠《かご》の中に詰めるだけ詰めて、ボロボロのショールを頭からかぶった。

荷物になるので、余計なものは持っていかない。

『今回は姿を変えなくていいの？』

「ええ。行き先はセイタールの辺境の街だもの。小国の王女の顔なんて、誰も知らないと思うわ」

辺境の街へは、森を出て一時間ほど歩けばたどり着ける距離である。

『セイタール人には、レイ王国の民はみんな同じように見えるって、本当？』

「らしいわね」

とメアリも苦笑する。

銀髪に金髪、青い瞳に紫色の瞳と、華やかな美男美女の多いセイタール人に比べれば、黒髪黒目しかいないレイ王国の民は、さぞかし地味な存在に見えるだろう。

『でも、メアリは美人だと思うよ』

『瞳の色もとっても綺麗だし』

『自信を持って』

「ありがとう、私の姿は全部お母様譲りなのよ」

微笑んで、ずしりと重い籠《かご》を持ち上げる。

「さあ、行きましょうか」

◇

――信じられない、私の髪がこんなに高く売れるなんて。

塗り薬のほうはそれなりに売れ残ってしまったものの、清潔な肌着と中古の服を数枚買っても、まだかなりの余裕があった。

メアリは早速、短くなってしまった髪型に合わせて、服を着替えることにした。

店で色々と試した結果、お気に入りは、動きやすい平民用のつなぎ服とブラウスの組み合わせで、自分にもよく似合っていた。


——セイタール人の服装って、軽いし通気性が良くて、着心地がいいわ。


生まれ変わったような自分の姿に満足したメアリは、久しぶりに買い物を楽しむことにした。

小麦粉や砂糖を買って、精霊たちのためにお菓子を焼こう。甘い食べ物は彼らの大好物だから、きっと喜んでもらえるはずだ。

昼間とはいえ、若い娘が、供も護衛も連れずに街を出歩くなど、レイ王国では考えられないことだが、強力な軍事力を誇るセイタール帝国は、他国より遥《はる》かに治安が良いため、悪意のある人間に裏路地に引きずり込まれたり、ガラの悪い男たちに絡まれたりすることなく、買い物がてら、街を散策することができた。


——何度かすりには遭いそうになったけど。

精霊たちがうまく追い払ってくれたらしく、荷物も財布も無事である。

『メアリ、重くない？』

『荷物だけ、先に森に運ぼうか？』

『そうしよう、そうしよう』

メアリが遠慮する前に、両手いっぱいに抱えていた荷物が瞬時に消えてしまった。

まったく、彼らは自分に甘すぎる。

そう抗議しようとした時、通行人がぎょっとしたようにこちらを見ていることに気づいて、メアリは慌ててその場をあとにした。

次の瞬間、

「お待ちくださいっ」

突然腕を掴まれて、はっと息を呑《の》む。

見れば、淡い金色のベールをかぶった少女が、じっとこちらを見上げていた。

「あなたが身につけている、そのペンダント」

マルクスからもらった指輪は、なくさないよう、紐《ひも》に通して肌身離さず身につけている。普段は衣服の下に隠しているのだが、いつの間にか、外に飛び出していたらしい。

慌てて服の中にしまいながら、「私に何か用かしら」と平静を装って訊《たず》ねる。

「それに……その声」

少女は人目を気にするように辺りを見回すと、「どうぞこちらへ」と言い、メアリの手を引いて、そのまま歩き出した。

「……あなたは」

「この顔に見覚えはありませんか？」

裏路地に入ったところでそっとベールをはずされて、メアリは息を呑《の》む。

「マルクス殿下」

「やっぱり、あなただったのですね」

マルクスはほっとしたように続ける。

「あの時とずいぶん印象が違うので、別人かと思いましたが」

咄嗟《とっさ》にまずいと感じたものの、幸い、髪の毛を短くして服装を変えたせいか、

「あなたがこの街に出入りしているとは知りませんでした。あらためて、名を教えていただけませんか」

メアリの正体までは気づいていないらしい。

もっとも指輪を見られた以上、言い逃れはできないと思い、

「訳あって名乗れませんが、私のことは魔女とお呼びください」

ショールをきつく身体に巻きつけながら、開き直って答える。セイタールでいうところの魔女は、

レイ王国と似たようなもので、民間療法を行ったり、助産師の真似事をしたりする女性のことを指している。だから嘘はついていない。

マルクスは素直な性格らしく、分かりましたと神妙な顔をして頷《うなず》いた。

「では魔女様」

「まあ、畏《おそ》れ多いこと。ただの魔女でかまいません」

「ですがあなたは僕の命の恩人です。恩人に敬意を払うのは当然のことでしょう」

頑なに言い張り、「魔女様」と続ける。

「あなたは【魔の森】からいらしたのですか？」

「……ええ、まあ」

好奇心旺盛《おうせい》な目で質問攻めにされる前に、話題をそらす。

「殿下はなぜ、そのようなご格好を？」

「これには事情があるのです」

指摘されて、マルクスは苦々しい笑みを浮かべた。

「実はアキレス兄上のお考えで……」

「マルクスが生きているとユワンに知られたら、再び命を狙われるからな」

マルクスの声を遮《さえぎ》るように、後ろから声がした。

「兄上」

駆《か》け寄ってくる弟の肩をぽんぽんと優しく叩きながら、彼は続ける。

「第三皇子は行方知れずのまま。今のこいつは、俺が囲っている愛人の一人だ」

「愛人って……」

正確には、そう見せかけているだけだと分かっているものの、はたから見れば美男美少女の兄妹にしか見えないので、メアリはドギマギしてしまった。

「マルクス、お前は先に隠れ家に戻っていろ」

「兄上は？」

「俺は彼女に話がある」

それを聞いて、メアリは再び逃げ出したくなった。

子どもが相手なら平気でも、まだ誰かと二人きりになるのは怖い。


――でもそろそろ、こういうことにも慣れないと。


そう自分に言い聞かせて、何とかその場に踏みとどまる。

しぶしぶマルクスが立ち去ると、メアリは首からはずした指輪をアキレスに差し出した。

「どうか、これを殿下にお返しください」

アキレスは懐かしそうに指輪を受け取ると、

「母上の形見をあなたに差し出すとは。よほどあなたのことが気に入ったらしい」

言いながら、再びそれをメアリの首にかけてしまう。

「ユワンは本当に女を見る目がない」

驚いてアキレスの顔を見返すと、彼は食い入るような目をしてメアリを見下ろしていた。

「あなたが何者か、俺に分からないとでも？　精霊付きのメアリ王女」

精霊付きと言えば聞こえはいいが、レイ王国では狐憑《つ》きや悪魔憑《つ》きと似たような意味で使われる。

思わず暗い顔をしたメアリに、アキレスは慌てたように言った。

「俺の国では――セイタールでは祝福された者という意味で、決して悪い言葉ではない」

そうだったのかと、メアリは目を丸くした。

「あなたはご存知ないかもしれないが、俺は遠目で何度も、あなたの姿を拝見している」

それは知らなかった。

どうりであっさり見破られるわけだと、メアリは苦笑した。

「ですがもう、私は王女ではありません。どうか、私のことは内密に」

「もちろんだ」

アキレスは他にも何か言いたそうな顔をしていたものの、

「日も暮れてきた。森の近くまであなたを送ろう」

精霊たち以外に、優しい言葉をかけられたことが嬉しくて、メアリは素直にその申し出を受け入れた。

「お気遣い、痛み入ります」

「俺は一度だけ、レイ王国前王妃の、あなたの母君の肖像画を見たことがある」

横座りするメアリを前に乗せ、巧みに軍馬を操りながら、アキレスは口を開いた。

「幼心にも、美しい方だと思った。淡い緑色の瞳が印象的で、平民出身とはいえ、王が彼女の美貌を見初めて求婚したのも、無理はないと」


――けれどお母様は、決して幸せではなかった。


なぜなら母は、父王ではなく別の男性を愛していたから。

彼女は元々、王弟であるクロフォード公爵の婚約者だった。

公爵は生まれた時から身体が弱く、長くは生きられないだろうという医師の診断を受けていた。

そんな彼が療養先で出会った美しい娘が、母だった。

二人は瞬く間に恋に落ち、婚約した。

しかし、母の美貌に目をつけた兄王が権力を使って弟から婚約者を奪い、半ば強引に妻にしたのだ。

その後、クロフォード公爵の病状は悪化し、母が王妃となった二年後に他界。母も彼のあとを追うようにして、メアリの出産後に命を絶った。

――悲劇としか言いようがないわ。

だからこそ、母との思い出は一切なく、父も自分には冷たかった。

辛い記憶を呼び起こされ、なぜ彼は自分に母の話をするのだろうと、メアリはつい身構えてしまう。

「大昔、【魔の森】が【精霊の森】と呼ばれていたことをご存知か？」

突然話が変わり、メアリは首を傾げつつも頷《うなず》いた。

「ええ、古い文献で読んだことがあります。かつて、精霊が治める国があったと。ですがレイ王国では誰も精霊の存在など信じていない。もはやおとぎ話のようなものだと言うと、

「セイタールの民は違う。目には見えなくとも、精霊はいると信じられている。まあ、中には現実主義者を気取る頭の固い連中もいるにはいるが……ユワンや取り巻きがいい例さ」

アキレスは苦虫を噛《か》み潰《つぶ》したような口調で続ける。

「精霊たちは森を――自然を住処《すみか》とする種族。人間の数が増えるにつれて、彼らの住処《すみか》は激減していった。精霊の王である女王は、最後の砦《とりで》である森に魔法をかけると、力を使い果たして深い眠

りについてしまう」

「……もしかして、【精霊の森】が【魔の森】と呼ばれるようになったのは」

はっとして訊《たず》ねると、アキレスは頷《うなず》いて答えた。

「あの森には精霊を守るための魔法がかけられている。だから人は、あの森では生きられない」

帝都の書庫にある文献では、そのように記されていると、アキレスは言う。

いつの間にか、馬の足は止まっていた。

先に降りたアキレスは手を差し伸べ、そっとメアリを地面に下ろす。

「あなたがユワンの婚約者となった際、セイタールではあなたの身辺調査、および母君の身元調査がなされた。けれど、あなたの母君に関しては何一つ分からなかった。唯一、分かったことといえば、彼女が【魔の森】から現れたということだけだ」

『あなたの望みであれば』

『今回だけは見逃そう』

『尊き女王の血に免じて』

精霊たちの言葉を思い出して、ようやく腑《ふ》に落ちた。


――私の身体には、精霊の血が流れている。

「アキレス殿下はどうして、そんな話を私に……？」

「俺が精霊付きだと言った時、あなたは暗い顔をした。だからきちんと誤解を解きたかった――知ってもらいたかったんだ。メアリ、あなたの力は特別だ。周りの人々を幸せにする、現にマルクスを助けてくれただろ？」

きらきらと輝く瞳に見下ろされて、恥ずかしいやら落ち着かないやらで、逃げるように俯《うつむ》いてしまう。

この時の、メアリの心境は複雑だった。

アキレスの言葉を素直に受け入れられたら、どんなに良かったか。

彼がなぜ母の話を持ち出すのか、その真意が読めない。誤解を解きたかったからだと彼は言うが、実際は精霊たちの力を利用するために、あえて自分のご機嫌取りをしているのではないかとさえ思ってしまう。

――どうしてこんなひねくれたものの考え方をしてしまうのかしら。

脳裏をよぎる異母妹の、こちらを馬鹿にしきったような顔がメアリを苦しめていた。

――私の力が周りの人たちを幸せにするのなら、なぜ、誰も私を愛してくれなかったの？

それを口にすれば、きっとアキレスを困らせてしまうだろう。

出かかった言葉をぐっと呑《の》み込むと、メアリは平静を装って顔を上げた。

そんなメアリを見、アキレスは困惑したように口を開く。

「これからどうするつもりだ？」

「……どう、と言われましても」

その時になってようやく、アキレスに手を掴まれたままだと気づいて、メアリはそっと手を引いた。

「マルクスに言ったように、魔女として生きていくおつもりか？」

「ええ、できれば」

アキレスはもどかしげに頭を掻《か》くと、

「次はいつ、会えるだろうか」

ためらいがちに切り出され、驚いて彼の顔を見る。

「また、辺境の街に来ることがあったら、ぜひマルクスを訪ねて欲しい。マルクスには当分、あの街で身を隠してもらうつもりだ。とはいえ、俺も監視されている身――さすがに四六時中、弟に張り付いていているわけにはいかない」

――ああ、マルクス殿下のお相手をして欲しいのね。

人と関わるのはまだ少し勇気がいるものの、マルクスは別だ。
まだ子どもだし、気を張る相手ではない。
けれど不安もある。何せ彼は帝国の第三王子。彼に関わるということは、帝国の後継者問題に首を突っ込むことになりはしないだろうか。

――また私の考えすぎかしら？

追放された【魔の森】で、生まれて初めて自由を知り、生きる喜びを知った。再び王族に関わることになれば、自由な時間は奪われ、窮屈《きゅうくつ》な暮らしに逆戻り――それも考えすぎだろうか？

――けれどもし、誰かが私のことを心から必要としてくれて、私もその人のために何かしたいと思えるのなら……

それに勝る喜びはないと思える。
たとえ、自由な時間がなくとも、その先に異母妹が立ちはだかっていたとしても、怖くはない。

家族に裏切られて、陥《おとしい》れられて、正直、誰かに利用されるのはもうたくさんだと思った。

できることなら極力、人と関わり合いたくない。そう思いながらも結局、マルクスを助けてしまった。


――たぶん、私は心のどこかで希望を捨てきれずにいるんだわ。


こんな私でも受け入れてくれる人がいるかもしれない……愛してくれる人がいるかもしれないと。

だからこそ、アキレスの言葉に動揺してしまったのだろう。

思わず勘違いしてしまった自分を恥じつつ、メアリは口を開いた。

「ですが、私がなぜ国を追われたのかは、ご存知のはず……」

「俺はユワンとは違う」

アキレスはきっぱりと言う。

「精霊の加護を受けた人間に、暗殺未遂の嫌疑をかけるだけでも、本来は許しがたいことであるのに。レイ王国の王がこれほど無知で無能な男だったとは知らなかった」

我が国に支配されるのも時間の問題だなと、アキレスの言葉は辛辣《しんらつ》だった。

「おそらくあなたを陥《おちい》れるために、第二王女が自作自演したのだろう」

それからアキレスは、照れくさそうに、ぎこちなく付け加える。

「あなたはその力で、俺の弟を――マルクスの命を助けてくれた。そんな優しいあなたが、妹の殺害を企むとは、俺には到底思えない」

たまらず目頭が熱くなって、メアリは俯《うつむ》いた。

異母妹に濡れ衣を着せられた時も、自己弁護することなく黙っていたのは、どうせ自分の言うことなど誰も信じてくれない、何を言っても嘘つき呼ばわりされるだけだと、最初から諦《あきら》めていたからだ。

だからなのか、アキレスの言葉が、胸に響く。

優しいと言ってもらえたことが、嬉しくてたまらない。

「俺に何かできることがあればいいのだが」

その言葉だけで十分だと、メアリは顔を上げて微笑んだ。

事実、妹への復讐など望んではいないし、命があるだけで儲《もう》け物だと思っているのだから。

「私のことより、マルクス殿下のことをお考えください」

「確かに、臆病者の俺とは違い、あいつは正面からぶつかっていく奴だから」

危なっかしくて見ていられないと言いつつも、弟のことを語るアキレスの目は優しかった。

「臆病者だなんて……マルクス殿下は、誰よりもあなたのことを尊敬しておられるのに」

「これでも必死に努力してきましたからね。だが、妾腹《しょうふく》の子であるという事実までは変えられない」

自嘲《じちょう》するというより、現状を受け入れた上での、潔い口調だった。

「ユワンはユワンで厄介《やっかい》だが、それ以上にひどかったのは奴の母親——皇后だ。俺は何度もあの女に殺されかけた。事実、俺たちの母親もあの女に毒殺されたも同然でね」

確か、皇后はここ最近、病の床に伏せっているという噂だが、

「ユワンの仕業だと、俺は睨《にら》んでいる。何をするにも皇后に口うるさく干渉されて、さすがに堪忍袋の緒が切れたらしい。あなたをユワンの婚約者に据えたのは他ならぬ皇后であるのに、ユワンはあなたではなく、第二王女と結婚したがっていたからな」

それで皇后が病に床に伏せるやいなや、婚約破棄の書面を送りつけてきたわけかと納得する。


——私を選んだのはお父様ではなかったのね。

がっかりしたものの、それほどショックは受けなかった。

——私にはもう、どうでもいいことだわ。

自分を追い出したレイ王国にも王家にも、もう未練はない。

「では、私はこれで」

先ほどから、精霊たちに『早く帰ろう』とせっつかれているので、アキレスに別れを告げる。

森に向かって歩き出しても、アキレスに立ち去る気配はなく、じっとこちらを見つめているので、

「マルクス殿下によろしくお伝えください。いずれまた、街でお会いすることもあるだろうと」

今度こそアキレスに別れを告げて、メアリは森に戻っていった。

◇

翌日、早速手に入れた砂糖を使い、フルーツの砂糖漬けを作った。

それから小麦粉を使って、クッキーとフルーツケーキも焼いた。初心者が作ったせいか、形も不揃いで、あまり美味しそうには見えなかったものの、

『食べていいの？』

『本当に？』

「あの、無理にとは言わないから……」

『甘いお菓子大好きっ』

ささやかではあるが、お礼の気持ちだと言って精霊たちに振る舞うと、あっという間に食べ尽くされてしまった。

彼らは本当に甘いものに目がないらしい。

今後は民間薬の他に、お菓子作りも勉強して、次はもっとたくさん――色々な種類の焼き菓子を用意しようと決意する。

「ところで、私のお母様について、教えて欲しいことがあるのだけど」

ずっと気になっていたことを口にすると、

『ああ、ついに知ってしまったんだね、メアリ』

『そうさ、君の母君は精霊のお姫様』

『我らが女王陛下の、たった一人の娘』

やはりそうだったのかと、背筋を伸ばす。

「どうして、今までそのことを隠していたの？」

『言えなかったんだ』

『姫様は精霊としての禁忌《きんき》を犯したから』

『人間に化けて、人間を愛した』

このことを知った女王は胸を痛め、また激怒した。

二度とこのようなことが起きないよう、見せしめに娘から魔力を奪うと、【精霊の森】から彼女を追放したのだ。

『けれどメアリ、君に罪はない』

『生まれた赤ん坊は、みな無垢《むく》で清らかだ』

『だから森は、あなたを受け入れた』

「……知らなかった」

メアリはつぶやくように言い、ぎゅっと拳《こぶし》を握り締める。

幼い頃、母を恋しがって泣いた夜もあった。

どうして自分一人を残して逝ってしまったのかと、母を責める気持ちもあったけれど、

──可哀想なお母様。


今は心から同情していた。

愛する人を失い、帰る場所もなく、お腹には憎い男の子を宿している、その時の母の心境──絶望は、想像するに余りある。

それでもお腹にいる子ども──自分を道連れにしなかったのは、赤ん坊には罪はないと、生きるチャンスを与えるべきだと思ったからだろう。

『君は人であり、精霊でもある』

『人として生きることもできるし、精霊として生きることもできる』

『メアリ、あなたなら、次代の女王にもなれるかもしれない』

最後の言葉は、さすがに買いかぶりすぎだとメアリは噴き出す。

「生まれてこのかた、魔法なんて、一度も使ったことないのよ」

『僕たちが教えてあげるよ』

『いいや、メアリが使うまでもなく、僕たちに命じればいいのさ』

『あなたのためなら、何だってしてあげる』

人間とは違い、精霊にとっては女王の存在が全てだ。

女王のいる場所が彼らの住処《すみか》であり、国となる。

女王の命令であれば、それがどのような困難なことでも必ず遂行《すいこう》し、時に命すら投げ打つ。

——私の中に流れる女王の血が、無意識のうちに彼らを従わせているんだわ。

精霊たちが優しくしてくれたり、助けてくれたりするのもそのせい。

——私が今、こうして生きていられるのはお母様と精霊たちのおかげ。

そのことに感謝しながらも、

——でも、できる限り、彼らに頼らないようにしないと。

メアリにとって今や、精霊たちは命の恩人であり、かけがえのない友人でもある。
もう、マルクスの時のように、彼らのルールを曲げて、無理やり従わせたくはない。
対等な立場でありたいと、強く願う。
「あなたたちには、もう十分よくしてもらっているわ」
だから今この時も、自分は幸せでいられる。
これ以上、望むものは何もないのだと、メアリは精霊たちに伝えた。

第三章　心の変化

樹木の精霊や水の精霊、火の精霊といったように、精霊は本来、自然界で生まれ、自然を住処《すみか》とする種族。けれど稀に、人間界に生まれ、人とともに暮らす精霊がいるという。

『僕たちの仲間ではあるけれど、厳密には精霊とは呼べない』

『力が弱すぎて、私たちみたく、属性魔法を使えないから』

『人間からは、妖精って呼ばれているみたいだけど』

——妖精。

なんだか可愛らしい響きで、メアリは気に入った。

「一度でいいから会ってみたいわ」

メアリは週に二度、街の青空市場に通い、民間薬を売っている。

初めはそれほど売れなかったのだが、緑色の目をした、若い魔女の作る薬は安い上に効き目がすごいと、主婦層のお客様に好評で、今では午前中で完売することも珍しくなかった。

今日も今日とて、街の中央にある青空市場で、切り傷や腫《は》れ物に効く塗り薬や喉の痛みを緩和する練り飴、他にも胃痛用の粉薬や、乾燥させた薬草、香草などを、地面に敷いた布の上にずらりと並べて販売していると、

『ねぇ、メアリ』

『なんかさっきからうるさくない？』

『隣にいる人間が、しくしく泣いているからでしょ』

それはメアリも気づいていた。

青空市場とはいえ、毎回多くの露店が出店するため、隣同士の間隔はそれほど広くはない。そのせいか、いやでも隣にいる青年のすすり泣く声が聞こえてしまう。

何か悲しいことでもあったのかなと思いつつも、じろじろ見るのも失礼だと思い、あえて気づかないふりをしていたのだが、

『情けない……なんて情けないオトコなの』

声を聞いた瞬間、どきっとした。いつも耳にする精霊たちのものとは、少し感じが異なる。

『悲しいわ、不安だわ。こんな頼りないオトコの手に渡るなんて』

声の調子が低く、男性的なせいか、話し方に違和感を覚える。

『前の所有者はよかったわ。愛ある家庭に生まれ、愛に生き、愛によって亡くなった。でもこのオトコはどうなの』

声ははっきりとしているのに、どうやら隣にいる青年には聞こえていないようだ。

メアリは素早く視線を走らせ、声の出処を探した。

『別れた恋人のことが忘れられないって、いつまでもメソメソして……未練たらたらで、あーあー、やんなっちゃう。そんなんだから振られるのよ』


――見つけた。


古めかしい宝石箱の上に、親指サイズの小人がちょこんと座っていた。

青髭《ひげ》を生やした、厳しい顔をした小人が。

『ちょっとあんた、なにじろじろ見てんのよっ』

「ご、ごめんなさい」

叱られて、反射的に謝ってしまった。

すると、隣にいた青年が不思議そうな顔をこちらに向けてくる。

少しくたびれた感じの服を着ていて、髪の毛も乱れ、何日も眠っていないという感じだ。

メアリは慌てて言った。

「いえ、その、あなたに言ったわけでは……」

直後、メアリを守るようにすかさず精霊たちが出てきて、

『おいっ、そこのお前っ』

『妖精の分際で、メアリになんて口の利き方をするんだっ』

『ここにおられるのは、我らが女王陛下の孫娘なのよっ』

精霊たちは精霊たちで、なんだか大変なことになっているようだと、メアリはおろおろしてしまう。けれどここで彼らを止めようとすれば、隣にいる青年にいっそう奇異な目で見られてしまう気がして、下手に口を開けない。

『ひえー、お許しを』

メアリの正体を知って、妖精は慌てふためいた。

『まさか、いと尊き精霊の姫君とは知らず、とんだ無礼を』

ははぁっとひれ伏す妖精の姿に、もう何が何だか……とメアリは視線を遠くに向ける。

『ここでお目にかかれたのも、全ては女王陛下のお導きがあってこそ』

タイミングよく客が現れてくれたおかげで、青年はメアリから視線をはずし、客の相手をし始めた。どうやら古い装飾品や美術品を扱う露店らしい。

『殿下、どうか、妖精であるわたくしめを哀れにお思いなら、わたくしの願いを一つだけ叶えてくださいませっ』

殿下はやめてちょうだいと小声で言いつつ、「お願いって？」と聞き返す。

『メアリったらっ』

『まさか妖精の頼みを聞くつもり？』

『ホントお人好しなんだからっ』

非難轟々《ごうごう》の精霊たちにはかまわず、先を促すと、

『既にお気づきかと思いますが、わたくしめは、この古びた宝石箱に宿る妖精です。人間の物作りにかける情熱と、物を慈《いつく》しみ、大切にする心から生まれた妖精なのです』

なるほどと、メアリは頷《うなず》く。

『そのため、わたくしたちは常に、所有者である人間の幸福を願います。たとえわたくしたちの姿が人間に見えていなくとも、彼らが幸福であれば、それはすなわち、わたくしたちの幸福でもあるのです』


――なんて素敵な話なの。

感動のあまり涙ぐむメアリの後ろで、

『妖精は僕ら精霊と違って、自然界から糧《かて》を得られないからね』

『生きるために、人間から幸福エネルギーを吸収する必要があるんだ』

『人間のためっていうより、自分のため？』

何やら精霊たちがこそこそ話をしているものの、メアリはかまわず小声で訊《たず》ねた。

「それで、具体的に私は何をすればいいの？」

『ここにおります、わたくしの所有者の——サムエル・エドの恋人になってくださいませっ』

——はい？

◇

『それは無理』

『無理だね』

『だってメアリは今、魔法で……ごにょごにょ』

最後のほうは聞き取れなかったものの、さすがのメアリも、この時ばかりは精霊たちと同意見で、

——サムエルさんにも選ぶ権利はあると思うし……

「ようするに、恋人に振られて落ち込んでいる彼を、立ち直らせればいいのよね？」

代替案を提示する。

『まあ、早い話がそうですけどぉ』

「だったら気持ちをよそに向けさせればいいのよ」

この世の中、恋愛よりも夢中になれることはいくらでもあると言うと、

『例えば？』

「友情を育むとか、趣味を持つとか、仕事に打ち込むなんてのもいいかも」

『インドア派のネガティブ野郎だから友だちはほとんどいないし、これといった趣味もないわね。仕事は……仕事に生きがいを見出すようなタイプに見えますぅ？』

逆に聞き返されて、メアリは視線を泳がせる。

接客中の彼を見る限り、明らかにやる気がなさそうだ。

『他には？』

「……新しい恋人を作る」

結局そこに戻るのかと、自分で言ってため息をついてしまう。

『欲を言えば前の恋人より美人の女をモノにして、男としての自信を取り戻して欲しいわけでぇ』

間髪いれず精霊たちがわめき出す。

『だからって、なんでメアリが犠牲にならないといけないんだよっ』

『そうだそうだっ』

『身分相応って言葉を知らないの？』

――犠牲って……


それはさすがに言いすぎかなと思うメアリだった。

「ところでさっきから気になっていたのだけれど、あなたは売り物ではないのよね？」

だったらどうして、他の商品と同じように並べられているのか？

『よくぞ訊《き》いてくれました、殿下』

そもそも自分は、元はサムエルの母親の持ち物で、生前の形見分けとして、母から息子へ譲られたのだという。

サムエルはこの宝石箱を、恋人の誕生日に、プレゼントとして贈るつもりだったらしい。

『ついでに求婚する気も満々で』

その証拠に、宝石箱の中には婚約指輪がおさめられているという。

『ですが悲しいかな、断られたあげくに振られてしまいまして』

男にとっては悲惨な別れ方ですよね、と妖精は同情的だった。

「断られた理由は？」

『他に好きな人ができたらしくて……』

まあ、それはお気の毒に、とメアリも同情してしまう。

『このままですと、わたくし、自棄になったサムエルに叩き売られてしまいます』

ですからどうかお助けを、と助けを求められて、メアリは力強く答えた。

「分かりました。やるだけのことはやってみるわ」

客が商品を購入して立ち去ると、青年は再び座り込み、力尽きたようにうなだれている。

『殿下、今がチャンスですよ』

何がチャンスよ、馬鹿じゃないの、といった精霊たちの言葉は無視し、メアリはすうと息を吸い込む。

「あの、すみません」

レイ王国では、妙齢の女性が、自分から男性に声をかけるなどあってはならない、はしたない行為だとみなされる。

けれど今の自分は王国の人間ではないのだから、かまうものかと開き直り、思い切って声をかけたものの、

「…………」

先ほどとは異なり、無反応だ。

めげずにもう一度声をかけると、サムエルはのろのろと顔を上げてこちらを見た。

「何でしょう？」

気の抜けた声で応じられ、こちらまで力が抜けてしまいそうになる。

よく見れば整った顔立ちをしているのに、まるで生気が感じられない。

目尻からつーと涙を流していて……鼻下で光っているのは鼻水だろうか。

『なんて惨《みじ》めで情けない顔なの』

容赦のない妖精の言葉に、心の中で「そこまで言わなくても」と苦笑いを浮かべる。

『別れて清々したじゃない、あんな尻軽女』

今さらながら、妖精の声が青年に聞こえなくて良かったと思いつつ、

「よかったら、これを使ってください」

ハンカチを差し出した。

しかしサムエルは遠慮がちにかぶりを振ると、

「ハンカチならここに……」

自身のポケットから取り出した、びしょ濡れのハンカチを見、顔をしかめる。

あきらかに使い物にならないようなので、

「返さなくてけっこうですから」

半ば強引に押し付けると、彼は頭を下げてぼそぼそとお礼らしき言葉を口にした。

一瞬だけ不思議そうにハンカチを見たものの、早速とばかり涙を拭いて、盛大に洟《はな》までかんでいる。

——うう、頑張って刺繍《ししゅう》したお気に入りのハンカチが。

けれど今は泣き言を言っている場合ではなく、

「ところで、あの……」

少し迷って「大丈夫ですか？」と声をかけると、即座に「大丈夫です」という返事がきた。明らかに大丈夫な様子ではないが、本人がそう言っているのであればそうなのだろう。

『ちょっと、そこで黙り込んじゃったら話が続かないじゃないっ……ではありませんか、殿下』

すると後ろから、

『あの妖精、あとで始末しようか？』

『うん、そうだね』

『そうしましょうそうしましょう』

何やら物騒な会話を始めた精霊たちをなだめつつ、メアリは困惑していた。


――話を続けろって言われても。


初対面で、しかも相手は年上らしき男性、その上不幸のどん底といった顔をされて、どうやって話を続けろというのか。

妖精の願いを叶えるためには、まずその所有者であるサムエルと知り合いにならなければならない。

知り合いになったあとはしかるべき段階を経て、相手の信頼を得る。

でなければ、相手のプライバシーを土足で踏みにじることになると、メアリは考えていた。

『まどろっこしいよね』

『仕方がないよ、メアリは王女様だったんだから』

『というより、根が真面目なのよ』

このままではいけないと、勇気を出して、再び声をかけようとするものの、

「あかぎれに効く塗り薬と、そこにあるお茶用のハーブをいただけるかしら」

今度はメアリのところに客が現れ、タイミングを逃してしまう。

ようやく客が立ち去り、隣に視線を向けると、青年は商品を片付け、店じまいをしているところだった。

「もうお帰りになるんですか？」

それとなく引きとめようとするが、時既に遅く、

「今日はやる気が出ないので」

上着をつかもうと手を伸ばしたサムエルだったが、ふと思い出したように、身近にあった宝石箱を手に取る。

「そうだ、これ。ハンカチのお礼といってはなんですけど」

差し出された宝石箱を――正確には、青髭《ひげ》の小人が乗っかった宝石箱を、メアリは信じられない思いで見つめた。

妖精にいたっては、ショックのあまり真っ青な顔で凍りついている。

「よろしければ差し上げます。かなり古いものですが、それなりに価値はあるかと」

「でしたらあなたがお持ちになったほうが……」

「交際相手にプレゼントするつもりだったんですが、いらないと言われたので」

ぽんと無造作に目の前に置かれて、慌ててしまう。

「ですから、売っていただいてかまいません」

言いながらサムエルはペコリと頭を下げる。

「では、お先に失礼します」

◇

『やったね、メアリ』

『こいつをお金に換えてお菓子の材料を買おうよ』

『また服が買えるよ』

今のメアリの耳に、精霊たちの声は届いていなかった。

宝石箱の上で、茫然《ぼうぜん》自失といった様子で肩を落とす妖精が、哀れでならない。

――よし、決めた。


薬はまだ半分以上売れ残っていたが、かまうものか。

メアリは急いで商品を片付けると、青年のあとを追って走り出した。

「あの、お待ちください――サムエルさんっ」

名前に反応して、青年は足を止めて振り返る。

「どうして僕の名をご存知なんですか？」

「それより、これ、お返しします。こんな高価なもの、受け取れませんから」

しかしサムエルは受け取らず、驚いた顔でメアリを見ていた。

「ですから、売っていただいてかまわないと……」

「そんなこと、できるわけないじゃないですかっ」

思わず大きな声を出してしまい、はっとして口元を押さえる。

「……だってこれ、大切なものですよね？」

サムエルは急に目が覚めたような顔をして、まじまじとメアリを見る。

今初めて存在を認識されたような気がして、メアリは苦笑した。

「どうしてそう思うんですか？」

「特に理由はないんです。ただ、そんな気がして」

サムエルは困ったように額を掻《か》くと、

「以前はそうだったかもしれないが、今の僕には必要のないものですから」

「でも」

「どうせ捨てるつもりだったんです」

それを聞いた瞬間、慌てて手を引っ込めてしまった。

「だ、ダメですよ。物を粗末にするなんて」

『そうよそうよっ』

サムエルを前にし、突然活気づいたように妖精が声をあげる。

『あんたのことは子どもの頃からずっと見守ってきたのにっ。今になってあたしを捨てるなんてあんまりじゃないっ』

するると再び耳元で、

『なんか修羅場ってるね』

『浮気した旦那を責める妻みたい』

『早く終わらないかしら』

こそこそ話をしている精霊たちの声が若干気になるものの、

「分かりました、とりあえず、私がお預かりするという形で」

その言葉に、サムエルは申し訳なさそうな顔をする。

「かえって気を遣わせてしまったようで、すみません」

「かまいません。これも何かの縁ですから」

縁という言葉を強調して使うと、サムエルは面白がるようにメアリを見た。

「そうだ、腹はすいていませんか？」

この近くに家庭料理をふるまう美味しい店があるので、よかったらどうかと誘われ、

「ぜひご一緒させてください」

とメアリも快く応じた。サムエルと接点が持てたことを喜びつつ、彼の隣を並んで歩く。

そんなメアリのあとを、精霊たちは当然のようについて行く。

『メアリったら。人間の男に、ほいほいついて行っちゃってさ』

『危機感がなさすぎだよね』

『大丈夫よ。メアリには私たちがついているから』

◇

サムエルが案内してくれた店は、家庭的な雰囲気漂う大衆食堂だった。

入口近くの席に着くと、あらためて彼は言った。

「そういえば、自己紹介がまだでしたね。サムエル・エドと申します」

商家の次男である彼は、家業を手伝いつつ、自身で仕入れた商品を、たまに青空市場で売って、小遣い稼ぎをしているという。自分も似たようなものだと言い、メアリも頭を下げる。

「魔女のメアリと申します」

「えっと、魔女さん……ですか」

なぜか引き気味のサムエルに、メアリは首を傾げる。

『安心して、メアリ』

『こいつがメアリに惚れないよう、目くらましの魔法をかけておいたから』

『この人間にだけ、メアリが男に見える魔法をね』

それを早く言って欲しかった。

どうりで、女性もののハンカチを不思議そうに見ていたわけだ。メアリは慌てて言い直す。

「魔女のメアリは母親の名で、わた……僕はリィと申します」

「リィさん。変わったお名前ですね」

よく言われると、笑ってごまかす。

「先ほどは、見苦しい姿をお見せして申し訳ありません」

「本当にこれ、いらないんですか？」

確認するように言い、テーブルの上に宝石箱を置く。

サムエルはわずかに目を細めると、「はい」と頷《うなず》いた。

「箱の中身をご覧になって、薄々事情を察しておられると思いますが……」

うっすら涙ぐむ彼に、ここは話題を変えたほうがいいと思い、口を挟む。

「サムエルさんは、何かお好きなこととかありません？」

「……好きなこと……趣味とかですか？」

「もしくは、何かやってみたいこととか？」

「特には」

「読書とかお好きそうですけど」

妖精もインドア派だと言っていたし。

しかしサムエルは首を横に振ると、

「仕事関連の書物以外は読まないもので……面白みのない男で、すみません」

『ホントよー』

こらこら。

「でしたら、お休みの日は何をされているんですか」

自分でもしつこいかなと思ったものの、サムエルは嫌がらず答えてくれた。

「寝ています」

「……一日中？」

「平日くらいかな」

そう、真面目な顔で答えるのがおかしくて、たまらず噴き出してしまう。

「家族の方に怒られたりしません？」

「一人暮らしですから」

「自炊とか大変そうですね」

「料理はしません。腹が膨《ふく》れさえすればいいので」

食べ物にもあまり興味がないと言われ、この時ばかりは「えっ」と驚いた。

「でも、この店にはよく来られるんですよね？」

「ああ、ここはタリサのお気に入りの店で……タリサというのは別れた恋人のことですが」

タリサは上流階級向けの宿屋の娘で、この街一番の美人――そう、嬉しそうに恋人のことを語るサムエルを見、本当に彼女のことを愛していたのだと――今も愛しているのだと、しんみりしてしまう。

妖精は未練たらたらで情けないと言っていたものの、一途で素敵だわと、メアリは感心していた。

――それにしても、ここは女性に人気のお店なのね。

どうりで女性客が多いはずだと、メアリは店内を見渡す。

──あれは……

少し離れた奥の席で見覚えのある姿を見つけて、メアリはどきりとした。

──アキレス殿下。

長い布を頭に巻いて髪の毛を隠し、地味な格好をしているが、ひと目で彼だと気づいた。
セイタールでは、皇太子であるユワンの顔は広く国民に知られているものの、放蕩《ほうとう》息子で知られた第二皇子の影は薄く、知名度も低い。
軍事大国であるセイタールでは、男性は皆等しく兵役義務が課せられており、王侯貴族だからといって特別扱いは許されない。
しかしユワンは病弱であることを理由に兵役を免れ、代わりにアキレスが皇后の命令で、早くから軍に入れられ、兄の分まで務めを果たすこととなった。
『ユワンはユワンで厄介《やっかい》だが、それ以上にひどかったのは奴の母親──皇后だ。俺は何度もあの女に殺されかけた』

あの言葉から察するに、おそらく軍での生活は、アキレスにとって過酷なものだったに違いない。

しかし兵役期間が明けてもアキレスは帝都には戻らず、社交界にも顔を出さなかったため、平民の格好をした彼を見て、すぐに帝国の第二皇子だと気づく者は少ないはずだ。


——私も実際に会うまでは、顔もよく知らなかったし。

そんな彼が今、向かい側の席に座る女性と楽しげに話をしていた。

——恋人かしら。


ずきりと胸の痛みを覚えて、メアリは戸惑ってしまう。

「誰か、お知り合いの方でも？」

不思議そうにサムエルに問われ、

「い、いいえ」

慌てて視線を前に戻した。

「人違いでした」

――それに邪魔しては悪いもの。


遠目にも、ひと目で綺麗な女性だということが分かった。

着ている服も上等なもので、おそらく裕福なご令嬢なのだろう。

その時、ガタっと音がした。

見ると、サムエルが驚いた様子で立っている。

「……リサ」

何事かつぶやき、ふらふらと歩き出す。

「サムエルさん？」

ただならぬ様子に不安を感じ、メアリもあとをついていく。

しかし、彼が向かった先がアキレスのいるテーブルだと分かって、

「お待ちください、サムエルさん、そちらは……」

嫌な予感は的中し、サムエルはアキレスの真横で足を止めてしまう。

人の気配に気づいたのか、アキレスが怪訝そうにサムエルを見上げている。

よりにもよって、なぜそこで足を止めてしまうのかと、メアリは冷や汗を流した。

固唾《かたず》を呑《の》んで見守っていると、

「タリサ……どうして手紙の返事をくれないんだ」

メアリの予想に反し、サムエルはアキレスではなく、同席している女性を一心に見つめている。

しかしタリサと呼ばれた女性は露骨《ろこつ》に迷惑そうな顔をし、

「やだ、サムがなんでこんなところにいるのよ」

「タリサこそ……」

タリサはアキレスの顔色をうかがうように視線をそらすと、

「話は済んだはずよ。邪魔しないで」

「……彼が、そうなのか？」

アキレスを見る彼の目は暗く、一方のアキレスは興味津々といった様子で二人のやりとりを眺めている。

「君は誰だ？」

「わたくしの幼馴染《おさななじみ》ですわ」

サムエルが名乗るより先に、タリサが答えた。

「前に彼の話はしたかと思いますが」

アキレスは「ああ」と思い出したように声を出し、気の毒そうな笑みを浮かべる。その笑い方がしゃくに障ったのか、サムエルは険しい表情でアキレスに詰め寄った。

「君はタリサのことをどう思っているんだ。僕以上に彼女のことを……」

「やめてっ」

サムエルの言葉を遮《さえぎ》るように、タリサは怒鳴った。

周囲がしーんと静まり返り、客が何事かとこちらに視線を向ける。

「あなただって、人のこと言えないじゃない」

言いながら、サムエルの後ろで、隠れるようにして立っているメアリを睨《にら》みつける。

思いがけない展開についていけず、ぽかんとしていたメアリだったが、

「いえ、私は……」

慌てて否定しようとするが、タリサは聞く耳を持たず、

「ずいぶんと若くて綺麗な恋人ね、あたしに対するあてつけかしら」

そこでようやくメアリの存在を思い出したらしく、サムエルは慌てたように言った。

「誤解だ……それに僕にそんな趣味は……」

サムエルの目にはメアリが男に見えているので、いっそう混乱しているらしい。

「言い訳はよしてちょうだいっ」

アキレスもメアリに気づき、ぎょっとしたような表情を浮かべる。

「なんで……」


——もう、何がなんだか……

思わず現実逃避をしかけたメアリだったが、ここでアキレスと知り合いだと思われたら、うまく説明できる自信がないので、あえて他人のふりをして目をそらした。

アキレスも場の雰囲気を読んでか、黙ったまま、探るような視線をサムエルに向けている。

「この人とは知り合ったばかりで……」

「へえ、そうなの。だったらなぜ、あたしがあなたに突き返した宝石箱を、この人が持っているのかしら」

突き返した、という部分をやけに強調してくる。

じろりとのぞき込まれ、メアリは咄嗟《とっさ》に手にしていた宝石箱を後ろに隠した。

テーブルに置いたままでは無用心だからと、思わず持ってきてしまったのだ。

しかしサムエルにうしろめたい様子はなく、

「君がいらないと言ったから」

むしろ不思議そうにタリサを見返していた。

「それでその人にあげたの？　ずいぶんと切り替えが早いのね」

「どうして怒っているんだ？」

「……別に、怒ってないわよ」

「いや、怒っている」

「やめて」

口調が微妙にうわずっているところが気になるが、タリサはあきらかに苛々《いらいら》している様子だった。

「あなたが誰と付き合おうと、あたしには関係ないんだから」

「ちゃんと話を聞いてくれ」

「よしてよ、あなたと話すことなんて……」

「どうしても納得できないんだ」

「何がよ？」

「他に好きな人ができたから別れたいなんて」

「だったらなんて言えばいいの？　元々、あなたのことなんて何とも思っていなかった。ただ、父の顔を立てるためにほんの少し付き合ってあげただけ。そう、正直に言えばよかった？」

開き直った彼女の態度に、『いやな女』と妖精がぼそりとつぶやく。

「それが本心なのか？」

サムエルは暗い目をして言った。

「それならどうして、あの夜、僕と……」

「いいかげんにして」

代金を叩きつけるようにテーブルの上に置くと、タリサは慌ただしく席を立った。

「あなたのそういうところが嫌いなのよ。二度とあたしにかまわないでちょうだい」

それから心底申し訳なさそうな目をアキレスに向けると、

「お騒がせして申し訳ありません。先に失礼しますわ」

名残惜しそうに言い、逃げるように店から出て行ってしまう。

「タリサ……」

サムエルもまた、彼女のあとを追うようにふらふらと外へ出て行ってしまった。

一方、その場に取り残されたメアリは、

――もしかして私、いないほうが良かったのかしら。


密かに自分を責めていた。

周囲の客たちがちらちらとこちらを見ているのが分かって、いたたまれない。

妖精にいたっては、サムエルがいなくなったことで意気消沈して、黙り込んでいる。

「食事に誘った女性を置き去りにするなんて、ひどい男だ」

苛立《いらだ》たしげなアキレスの声が、メアリを現実に引き戻す。

「よければ座ってください。ずっと立っていては足が疲れるでしょう」

先ほどタリサが座っていた席を勧められ――このまま馬鹿みたいに立っているのも気詰まりで、
アキレスの好意に甘えて、メアリはそろそろと席に着いた。

「先ほどは、他人のふりをして申し訳ありません」

「ああ、傷ついた」

率直に返されて、メアリはあたふたしてしまう。

「俺はずっと、もう一度あなたに会いたいと思っていたのに」

アキレスはにこやかな笑みを浮かべて続けた。

「ところで、サムエルという名のあの男は、あなたの何です？」

「……何と言われましても、ただの知り合いと申しますか」

「いつ、どこで知り合った？」

『尋問《じんもん》よ』

『尋問《じんもん》だね』

『……この人、さっきから目が怖いんだけど』

それはメアリも感じていた。

「私のことより、殿下のほうこそよろしいのですか。タリサさんを追わなくて」

声を潜めて話しかけながら——特に殿下という敬称の部分は小声で言い、ちらりとタリサの去ったほうを見るものの、アキレスは別のことに気を取られている様子で、

「なぜ俺のことを敬称で呼ぶのです」

不満そうに言われて、面食らう。

「でしたら何とお呼びすれば？」

「普通にアキレスと。セイタールではありふれた名だから問題ない」

分かりましたと頷《うなず》きつつも、いざその名を口にしようとすると、なぜかドキドキしてしまう。


――私、緊張しているみたい。


「ではアキレス様は……」

「彼女は俺が宿泊している宿屋の娘で、顔見知り程度の付き合い。それ以上でも以下でもない」

メアリが同じ質問をする前に、アキレスは口を切った。

「この店で偶然会ったので、少し話をしていた」

言われてみれば、テーブルの上には一人分の食事しか置かれていない。

タリサがいた席には、空になったカップがあるだけ。

『偶然って……ホントかな？』

『この世に偶然なんてものはない……って誰か言ってなかった？』

『でも、嘘をついているようには見えないけど』

再びこそこそ話し始めた精霊たちのあいだに、妖精は割り込むと、

『おそらく、全てはあの尻軽女の企みでしょう』

自信満々に言った。

どういうこと、と精霊たちがざわつく。

『あの女はこのイケメンに気があるのです。その証拠に、彼女は手持ちの中で一番上等な服を――勝負服を着ていました。おそらく、偶然を装ってこのイケメンを待ち伏せしていたのでしょう』

『なるほど』

『そういうことか』

『でもこの男はそのことに気づいていないのね』

メアリが彼らの会話に気を取られているあいだに、アキレスは店員を呼んで飲み物と食事を注文してくれた。

まもなく、温かなセイタール料理――海鮮料理やらスープやらが運ばれてきて、メアリははっと我に返った。

「ごめんなさい、私、そんなつもりでは……」

「遠慮は無用です。俺としても、あなたと食事できるのは望外の喜びなので」

お世辞だと分かっていても、嬉しくなってしまう。

あらかた食事が済むと、満足そうに食後のお茶を口にするメアリに、アキレスはやんわりと切り出す。

「……先ほどから、その宝石箱のことが、ずいぶんと気になっているようだ」

指摘されて、無意識のうちに、妖精のほうをちらちら見ていたことに気づく。けれどそのことを

正直に打ち明けるべきか——頭のおかしい女だと思われないか、メアリが悩んでいると、

「あの男、あなたにそれほど気があるようには見えなかったが」

なぜか怒ったような、憮然《ぶぜん》とした声を出されて、メアリは困ってしまった。そもそも、精霊の力で男に見えていた、とは言えない。

「ええ、もちろん。あの方はタリサさんのことを愛しておられるのですから。私のことなど眼中にありませんわ」

「あなたは……それでいいのですか？」

いいも何も、とメアリは笑って答える。

「それがサムエルさんの幸せなら……」

「メアリ、あなたは女神のような人だ」

言いながら、アキレスは自己嫌悪するように目を伏せた。

「俺は、悔しくてならない……あんな男に先を越されるなんて」

一体何の話をしているのかと不思議に思いつつ、お茶をするメアリの後ろで、

『前から思っていたけど、メアリって鈍いよね』

『仕方がないよ、メアリは王女様だったんだから』

『というより、自己評価が低すぎなのよ』

『サムエルの恋人としては、これ以上にないほど理想的なんですけどね』

『それは絶対にダメ』

『ダメだな』

『メアリは別の人が気になっているみたいだし？』

精霊たちは精霊たちのほうで親睦を深めているようだと、微笑ましく感じた。


──そうだわ、私ったら。いつまでもここでのんびりしていてはダメよ。


まだ妖精助けは終わっていない。

早くサムエルを捜しに行かなければ。

けれどこんな時でも、メアリは慌てなかった。

これまで、未来の皇太子妃としての厳しい教育を受けたせいか、それとも高貴な人物を前にしているせいか、考える前に身体が勝手に動いてしまう。

メアリは音もなく席を立つと、アキレスに向かって淑女《しゅくじょ》の礼をした。

「申し訳ありません、急用を思い出しましたので、これで失礼いたします」

「待ってください、まだ話は終わっていない」

慌てたように引き留められて、戸惑うメアリだったが、

『メアリの邪魔をするなよ』

『そうだっそうだっ』

『……仕方ないわね』

次の瞬間、アキレスは席を立ち、驚いたように辺りを見回す。

『今、こいつの目にメアリの姿は見えていないから』

『今のうちに行って』

『早くっ』

正直に言えば、アキレスに対して、後ろ髪を引かれる思いがあったものの、精霊たちに急き立てられるように、メアリはその場をあとにした。

◇

「……サムエルさん？」

精霊たちの助けを借りつつ、ようやく噴水広場でサムエルを見つけた。

丸太の長椅子に座り込んで、力なくうなだれている。

「あの……大丈夫ですか？」

明らかに大丈夫ではない様子だが、それ以外にかける言葉が思いつかず——そういえば、さっきもこんな感じだったわねと苦笑いを浮かべる。

サムエルはのろのろと顔をこちらに向けると、ぼんやりとした口調で言った。

「すみません、料理の注文がまだでしたね」

『今ごろ何言ってんのっ。しっかりしなさいよ、サムっ』

懸命に所有者を励ます妖精の姿に心を打たれながら、メアリも口を開く。

「そんなことより、タリサさんと話はできたんですか？」

「ええ、まあ」

疲れ切ったように息を吐き、彼はぼんやりと空を見上げた。

「先ほど、食堂にいた青年がいたでしょう？　颯爽《さっそう》としていて、品のある感じの」

アキレス殿下のことだわと、メアリは頷《うなず》く。

「タリサは彼のことが好きなんだそうです。今まさに彼に告白するつもりでいたのに、僕に邪魔されたと言って、怒っていました」

『なんて勝手な女なのっ』

と憤慨する妖精とは対照的に、

『ほら、やっぱり偶然じゃなかった』

『なんで人間はそんな面倒臭いことするんだろうね』

『偶然出会ったほうが運命的なものを感じるからでしょ』

自分たちの読みが当たったと言って喜ぶ精霊たち。

「タリサさんは、その方の素性をご存知なんですか？」

「さぁ？　彼が貴族である場合は、身分が釣り合わないので諦《あきら》めるしかないとも言っていましたが」

『はいっ、アウトっ』

『ちょっとうるさいから黙っててよ』

『そうよ。二人の会話が聞こえないじゃない』

既に不幸のどん底にいるサムエルを、これ以上傷つけることがないよう、メアリは細心の注意を払って口を開いた。

「サムエルさんは、このまま身を引くおつもりですか？」

そうするしかないようだと、彼はぼんやりした口調で言う。

「この僕に、勝ち目があるとお思いですか？　見たところ彼は裕福そうだし、既に兵役義務も終えているようだ。店の前に繋がれた立派な軍馬を見たでしょう？　あのような馬を所有できるのは、戦地で功績をあげた者か、よほどの金持ちかのどちらか。戦いに赴《おもむ》くのが恐ろしいからと、義務を先延ばしにしている僕とは大違いだ」

「でも、タリサさんのことをまだ愛しておられるのでしょう？」

サムエルは泣きそうな顔でメアリを見た。

「タリサと僕は幼《おさな》馴染《なじみ》で、僕は昔から彼女のことが好きでした。幸い、タリサの父と僕の父が懇意にしていて……家族ぐるみで仲が良かったので、僕たちが付き合い出したのも自然の流れというか……」

けれどタリサのほうは自分のことをそれほど好きではなかったようだと、サムエルは言う。

そうだろうか、とメアリは首を傾げた。

――それにしては、この宝石箱のことをずいぶんと気にしていたようだけど。

それ以外にも、腑《ふ》に落ちない点はいくつかあった。

『メアリに対して当たりがキツかったしね』

『あれは絶対ヤキモチだよ』

『もしくはただのわがままかも』

『殿下っ、サムエルにお伝えくださいっ。諦《あきら》めるのはまだ早いとっ』

もちろんだと頷《うなず》き、メアリは妖精の言葉をそのまま口にした。しかしサムエルは否定的で、

「タリサも言っていたじゃないですか、僕のことなど何とも思っていないと」

「そのあとで、サムエルさんも何か言いかけていたようですけれど」

それならどうして、あの夜、僕と――

「それは……彼女の名誉に関わることなので」

そう答えをにごす彼に、メアリも深くは追及しなかった。

『やっちゃったんだ』

『やっちゃったんだね』

『ということは、そこまで嫌ってはいないのよ』

何を？　と小声で精霊たちに訊《たず》ねるものの、いっせいに目をそらされてしまった。

妖精にいたっては、

『ああ、そんな清らかな目でわたくしめを見ないでくださいませっ』

と言って、両手で顔を隠してしまう。

仲間外れにされて落ち込むメアリだったが、今はそれどころではないと頭を切り替える。


――肝心なのはタリサさんの気持ちよね。


何とかして、彼女の本心を知る方法はないかと頭を悩ませていると、

『魔法で皇子に化けて、その娘のところに会いに行けばいいよ』

『で、気持ちを洗いざらい聞き出して』

『思い切り振ってやったら？』

そのやり方はあまりにひどすぎるとメアリは怒った。

怖い顔で睨《にら》まれて、精霊たちは縮こまる。
『で、でも、人間は疑り深い生き物だから』
『メアリが行っても、何も話してくれないと思うよ』
『むしろ逆上しちゃうんじゃない？』
彼らの言うことも一理あると、メアリはため息をついた。

――どうすればいいの？

◇

とりあえずサムエルと別れ、メアリはその足でタリサのいる宿屋へと向かった。
「いたわ、タリサさんよ」
箒《ほうき》を手にして入口近くに立っているものの、掃除をしているわけではなさそうだ。
たまに遠くを見るように顔を上げて、落ち着かない様子でうろうろしている。
『何してるんだろ』
『ねー』
『どうするつもりなの？　メアリ』

「しばらく様子を見るわ」

物陰に隠れて、タリサに話しかけるタイミングを見計らっていると、まもなくして馬の足音が聞こえてきた。

見ると、アキレスである。

タリサも彼に気づいたらしく、ぱっと明るい表情を浮かべた。

宿屋の馬丁に馬を預け、靴の泥を落としている彼のところへいそいそと近づいていく。

タリサはアキレスに何事か話しかけると、その場に箒《ほうき》を置いて、歩き出す。

アキレスも首を傾げながら、彼女のあとをついて歩いた。細い路地に入っていく二人のあとを、メアリも慌てて追いかけるが、

――これ以上近づいたら、さすがに気づかれてしまうわね。


やむを得ず、途中で足を止めた。

「二人で何を話しているのかしら」

いつもは気をつけているのに、つい疑問が口から出てしまう。

それが悪かった。

『ちょっと聞いてくる』

『メアリはそこで待ってて』

『すぐ戻るから』

さすがに盗み聞きは良くないと、メアリが止める暇もなく、精霊たちはいっせいに飛び出してしまった。しばらくして、路地からアキレスが出てきたものの、近くにタリサの姿はなく、

『……あの子、泣いてるよ』

『うずくまって、泣いてる』

『皇子のこと、本気で好きだったんだね』

アキレスが宿に入っていくのを見届けてから、メアリは物陰から出て、路地に入った。宝石箱を手に、そろそろとタリサの元へ近づいていく。

「あの、タリサさん？」

声をかけると、「なんであんたがここに？」と涙目で睨《にら》みつけられた。

「あたしを笑いに来たわけ？　振られて自業自得だとか思ってるんでしょ？」

メアリはかぶりを振ると、

「これをあなたから、サムエルさんに返していただきたくて」

そう言って、彼女のそばにそっと宝石箱を置いた。

「売るなり捨てるなりしてくれてかまわないと言われましたが、私にはできないので」

「……なんであたしが」

「私はそもそも、この街の住人ではないですし」

「あんた、サムの恋人じゃないの？」

まさか、とメアリは慌てて手を振った。

「サムエルさんは今でも、あなただけを愛しておられるのに」

その言葉を聞いて、タリサの涙がぴたりと止まる。

「昔から、あなたのことが好きだったとおっしゃっていました」

「……ホント、あいつってしつこいんだから」

怒ったような、それでいて困ったような表情を浮かべる。

「あたしも別に、サムのことが嫌いってわけじゃないのよ。ただ、距離があまりにも近すぎるっていうか……父親同士が仲良すぎるせいで、彼とは兄妹みたいに育ったから。本当にサムのことが好きなのか、分かんなくなっちゃって……」

そんなところにアキレスが現れて、あっさり一目惚れしてしまったらしい。

「この街にいるほとんどの娘は、彼に恋をしていると思うわ。颯爽《さっそう》としていて、見るからにお金持ちで、お顔立ちもあんなに素敵なんだもの。……でも」

タリサは暗い口調で続ける。

「彼には気になっている女性がいるんですって。この街に滞在しているのも、そのせいだと。気持ちは嬉しいけれど、今はその人のことしか考えられないからと、謝られてしまったわ」

そのことにメアリは軽いショックを覚えたものの、

――もしかして、その女性というのはマルクス殿下のことではないかしら。

思い直して、ほっとする。

けれど、アキレスのことで一喜一憂している自分に気づいて、

――嫌だわ、私ったら。まるでタリサさんみたい。

思わず噴き出しそうになったものの、そこではっとした。

――これが……恋なの？

王女として、厳格な王宮で生まれ育ったメアリは、初恋すら経験したことがなかった。

ユワンの婚約者となってからは、身内や使用人以外では異性と口をきくことも許されず、徹底したスケジュール管理のもと、ただひたすら、皇太子妃としての教育を受ける日々を送っていた。

——私、アキレス様に恋をしているのね。


生まれて初めての経験に、メアリは胸をときめかせた。

きっかけは何だったのか。

『あなたが何者か、俺に分からないとでも？　精霊付きのメアリ王女』

『俺の国では——セイタールでは祝福された者という意味で、決して悪い言葉ではない』

『あなたはその力で、俺の弟を——マルクスの命を助けてくれた。そんな優しいあなたが、妹の殺害を企むとは、俺には到底思えない』


——あの人は、私を気味悪がるどころか、優しくしてくれた。精霊付きの本当の意味を教えてくれた。


おかげで以前よりも遥《はる》かに自分に自信が持てた。

それに、この街にいる女性のほとんどがアキレスに恋をしていると、タリサは言っていた。だったらなおのこと、自分が彼を好きになるのも当然だと、少しもおかしいことではないのだと、メアリは頬を赤らめる。

『さっきから、メアリがちょっとおかしいんだけど』

『うん、おかしいね』

『青くなったり、赤くなったり』

『変なこと考えてなきゃいいけど』

『変なことって？』

『大丈夫よ、メアリには私たちがついてるもの』

メアリに聞こえないよう、精霊たちは囁《ささや》く。

「……そうよね、元々あたしが先にサムからもらったものだし」

一方のタリサは宝石箱を手に取ると、言い訳がましい口調で言った。

「もう一度だけ、サムと話をするわ」

前向きなタリサの言葉を聞いて、メアリは胸を撫《な》で下ろした。

どうかサムエルさんの思いが彼女に伝わりますようにと、強く願う。

それまで静観に徹していた妖精も、タリサが宝石箱を手にしたところで、ようやく口を開いた。

『ここで、皆様とはお別れですね』

しんみりした口調で言う。

短い間でしたが、お世話になりましたとひれ伏す妖精に、

『もう二度と会うことはないと思うけど』

『まあ、頑張ってね』

『人間世界も大変みたいだし』

「……妖精さん」

メアリも目をうるうるさせながら妖精を見つめる。

「そんな顔したって、これはもうあたしものなんだから。返さないわよ」

と慌てたようなタリサに宝石箱を背中に隠されてしまったものの、声だけは、はっきりとメアリの耳に届いていた。

『殿下、ありがとうございました。このご恩は一生忘れません』

◇

後日、メアリは街で、仲睦まじく歩く、ひと組のカップルを見かけた。

街一番の美人と評判のタリサの隣にいたのは、清潔感のある爽《さわ》やかな青年だった。

その青年がサムエルだと気づいたのは、それからしばらく経ったあとのことで——やがて、二人が婚約したと、風の噂で聞いた。

第四章　噛み合わない気持ち

「殿下、ようやく見つけましたよ」

メアリと別れたあと、マルクスの安全を確認してから宿屋に戻ったアキレスを、待ち構えていた男がいた。

「ノエ・セルジオス」

かつて、戦場でともに戦った同志を前にし、アキレスは顔をほころばせる。

「よくここが分かったな」

「そりゃあ、私は殿下の懐刀《ふところがたな》ですから」

歳は二〇歳、どう見ても優男にしか見えない彼だが、ずば抜けた記憶力の持ち主で、知略にたけ、戦場ではいかんなくその才能を発揮していた。

現宰相の嫡男であり、家柄もよく、それゆえ自惚れの強い男だったが、戦場でアキレスに命を救われたことで改心し、彼に忠誠を誓っていた。

「帝都の様子はどうだ？」

「皇帝陛下も我が父上も、相変わらず政務に忙殺されていますよ」

皇帝には現在、三人の皇子と二人の皇女がいる。

ともあれ、妾腹《しょうふく》の子である第二皇子と第三王子の影は薄く、公式な席にもあまり出席しないせいか、王宮では相変わらず、ユワン皇太子とその取り巻きが幅をきかせているという。

「皇后様の病状は悪化する一方で、侍医もついにさじを投げたとか」

「……ユワンが毒を盛っている可能性は？」

長椅子に腰を下ろしながら、アキレスは訊《たず》ねる。

「ありえますね。けれど証拠がない」

「お前ならどうする？」

「皇后付きの侍女を買収するなり脅《おど》すなりして、遅効性《ちこう》の毒を少しずつ食事に混ぜる、かな？」

「さすがに侍医が気づくだろう」

「ですから前もって、彼も共犯者にするんですよ」

やはりこいつを味方にして正解だったとアキレスは苦笑いを浮かべる。

「しかし、いくら皇太子殿下が癇癪《かんしゃく》持ちの愚《おろ》か者とはいえ、実の母親を手にかけるでしょうか？事が露見すれば、身の破滅は免れない」

「レイ王国の第二王女に、かなりご執心だと聞いたが」

「ええ、それはもう。最近では事あるごとに隣国を訪問されているらしいですよ」

言いながらふうと一息つくと、

「皇后様がご健在であれば、皇太子としてあるまじき行為だと、ユワン殿下を厳しく叱責《しっせき》なされたでしょうね。軽薄な娘だと言って、第二王女のことをいたく嫌っておいでだから、なおのこと」

「それ以前に、婚約破棄などさせなかっただろう」

それもそうだとノエは頷《うなず》く。

「これだから嫌なんですよ、王侯貴族っていうのは。殺伐《さつばつ》としていて」

お前が言うか、とアキレスは呆れる。

「精霊の加護を受けた第一王女のほうが、よほど利用価値があるというのに」

「その言い方はよせ」

不機嫌そうな主人の言葉に、ノエは探るような視線を向ける。

「ですが殿下にとっては幸運でしたね。敵が一人減って」

「そのまま共倒れしてくれると助かるんだが」

おお、とノエは嬉しそうな声をあげる。

「珍しくきわどいことをおっしゃる」

「弟の命がかかっているからな」

「マルクス殿下がご無事で何よりでした」

「お前が知らせてくれたおかげだ」

けれど、自分があのまま【魔の森】に入ったところで、マルクスを救い出すことはできなかっただろう。

――メアリがいなければ、おそらく二人とも死んでいたはずだ。

だからこそ、彼女は弟だけでなく、自分の命の恩人でもあるのだ。

「私は信じていましたよ。我が国が誇る精鋭部隊第一騎士団で、戦場の獅子《しし》と恐れられた殿下であれば、無事マルクス殿下をお救いできると」

「……買いかぶりすぎだ」

そう返しながらも、アキレスはメアリのことを口にしなかった。

ノエのことは信頼しているが、彼は計算高い男だ。

精霊付きの第一王女がこの街に出入りしていると知れば、彼女のことを利用しようとするかもしれない。

「それはそうと、お前、さっさと帝都に戻ったらどうだ？」

「露骨《ろこつ》に厄介《やっかい》払いしようとしますね」

「王宮内での情報を俺に知らせるのがお前の仕事だろうが」

「それくらいなら、私でなくともできますよ。何人か優秀な諜報員を置いてきましたから」

抜かりのない奴め、と毒づく。

「今さらそんなに褒めなくても」

「褒めてない」

辛辣《しんらつ》なアキレスの言葉にも動じず、

「私は今、休暇中なので、しばらくこの街に滞在するつもりです」

微笑んで言った。既にこの部屋の隣室を押さえていると言われて、アキレスは頭を抱える。

「殿下のいない帝都にいても、面白くないですから」


――こんな私でも、恋はできるのね。

◆

ここ数日【魔の森】で、メアリはうわの空で過ごしていた。

ふとした拍子にアキレスの優しい言葉や態度を思い出してしまい、何も手につかなくなってしまうのだ。

幼い頃は、恋をすると人は綺麗になる――強くなるものだとずっと信じていた。

けれど母の話を知ってからは、それほど単純なものではないと――恋をすると人は愚《おろ》かになり、道を誤ることもあるのだと、それは人間に限ったことではないのだと思い知らされた。

——だから私には縁のない感情だと思っていたのに。

妹のアメリアと違い、第一王女として生まれたメアリの教育はそれはそれは厳しいもので、わがままを言ったり、癇癪《かんしゃく》を起こしたりすることなど、決して許されなかった。

子どもの頃から常に自分の感情をコントロールしてきたし、周りに褒められるどころか、それができて当然だと思われていた。

——でも今は、完全に自分の感情に振り回されているわ。

少しでも浮かれようものなら、不幸な死を遂げた母のことを思い出して、自分を戒《いまし》めようとするものの、次の瞬間にはアキレスのことで頭がいっぱいになってしまい、恥ずかしさのあまりテーブルに突っ伏してしまう。

——食事も喉を通らないなんて……

何もかもが初めての経験で、自分でもどうしていいのか分からない。

そんなメアリの姿に、精霊たちは不安を募らせていた。
『メアリが壊れた』
『壊れたね』
『しばらくほっといてあげましょうよ』
『治るかな？』
『それとももっと悪くなる？』
『……シシィ様を思い出して』
シシィというのは、メアリの母親の愛称である。
人間の男に恋をして、森を追放された精霊の姫君。
『でもメアリの場合、半分は人間だから』
『禁忌《きんき》を破ることにはならないけど』
『心配なのはそっちじゃなくて……』
『メアリがあの人間に利用されないか、心配なんだね』
『……メアリは優しいから』
『そう』
『婚約破棄された時も』
『第二王女に濡れ衣を着せられた時も』

『メアリは黙って耐えていたわ』

『一言でもいい』

『濡れ衣を晴らしたい、自分を陥《おとしい》れた妹に復讐したいと言ってくれれば』

『私たちの力でどうにかできたのに』

けれど、メアリ本人がそれを望んでいなければ、精霊たちにはどうすることもできない。

『見守ろうよ、メアリを信じて』

『あのメアリが、恋をするほどの相手だよ』

『そうね、悪い人間には見えなかったし』

もっとも、アキレスに恋をしていると自覚したメアリだったが、だからといって、この想いを相手に伝える気はさらさらなかった。

告白するまでもなく結果は見えていたし、王女であった頃ならまだしも、王国を追放された自分など、アキレスには相応しくない――メアリ自身、そう思い込んでいた。

彼の姿を見、言葉を交わせただけで、メアリは十分幸せだったのだ。

◇

辺境にある街とはいえ、晴れの日の市場は、いつも地元の人々で賑《にぎ》わっている。

たまにふらりと旅行者が訪れるのも珍しくなく、お土産用に刺繍《ししゅう》やレースの雑貨を販売している店も多い。

朝早くから市場を訪れたメアリは、比較的客通りの多い場所に陣取ると、軽く周辺を掃除してから大きな敷物を敷いた。

すると商品を並べるやいなやお客が現れて、薬やらハーブやらを買っていく。

瞬く間に商品が減っていき、そろそろ休憩でも取ろうかと考えていると、

「退屈を紛らわせる薬はありませんか、魔女様」

そう声をかけてきた少女に、メアリは「あら」と頬を緩める。

「ついに見つかってしまいましたわね、マルクス殿下」

「あなたの薬はよくきくと、街で評判ですから。あと、僕のことはただのマルクスだけで結構です」

言いながら、人懐っこい笑みを浮かべる彼に、メアリも微笑み返す。

「でしたら私のことはリィとお呼び下さい」

「分かりました、リィ様」

「ただの、リィと。でなければこちらも敬称をつけますよ」

マルクスは観念したように頷《うなず》く。

「では、リィ。お邪魔でなければ、しばらくご一緒してもかまいませんか？」

「ええ、どうぞ」

身体を端に寄せて一人分のスペースを作ると、マルクスは嬉しそうにそこに座った。

彼は小柄で痩《や》せているため、それほど窮屈《きゅうくつ》には感じない。

「兄上にはくれぐれも内緒にしてくださいね。極力、隠れ家から出るなと言われているもので」

「護衛の方はいらっしゃるの？」

「いることにはいるのですが……まいてきました」

多少の罪悪感はあるのだろう、マルクスは決まり悪そうに告白する。

「あなたに会いに行きたいと言ったら、止められてしまいそうで」

それはそうだろうと、メアリは苦笑いを浮かべた。

「……申し訳ありません」

「なぜ、リィが謝るのですか」

驚くマルクスに、メアリは目を伏せた。

「あなたを訪ねるよう、アキレス様にお願いされていたのに」

「兄上が？」

マルクスは目を丸くし、

「どうりで、用事もないのに頻繁に僕のところへ来られるわけだ」

おかしそうに笑う。

けれどメアリはそのことに気づかず、恥ずかしそうに打ち明けた。

「高貴な方のもとを訪問するには、それなりに相応しい格好をせねばなりません」

けれどメアリは、今の服装が気に入っているので、それ自体は恥ずかしくなかったのだが、

「私のような、どこの馬の骨とも知れぬ女が、マルクス様のおそばにいては、かえってご迷惑になるかと思いまして」

「それを言ったら、僕はどうなるんですか」

自身の格好を見下ろして、マルクスは情けない声を出す。

「女装した皇子なんて、国中のいい笑いものだ」

「御身の命を守るためですから」

やんわりと返しながらも、メアリは、優しいマルクスの気遣いをありがたく感じた。

「そうだ、リィ。これから僕のところへ来ませんか」

瞳をきらきらさせながらマルクスは言った。

「実は街外れに古い館があって、そこが……」

彼が言い終える前に、二人の頭上にさっと影が差す。

「これはこれは、高貴な姫君がこんなところで何をしておいでかな？」

そう、芝居じみた口調で話しかけられ、メアリは頬を強ばらせた。

アキレスの時と同様、あっさり正体がバレてしまったのではないかとひやひやしたのだが、

「誰が姫君だ」

怒ったようなマルクスの声を聞いて、自分ではなく彼に向けられた言葉だと気づく。

「無礼にもほどがある、ノエ・セルジオス卿」

「どうかお許しを。我が主の弟君にお会いできて、舞い上がってしまったようで」

優雅に頭を下げながら、悪びれない様子で男は言った。

そんな彼を、マルクスはうさんくさそうに見上げる。

「あなたがこの街に来ていたとは知らなかった」

「昨日到着したばかりなので」

「どうして僕がここにいると分かったのです？」

偶然ですよと、ノエは笑って答える。

「散歩がてら、市場をのぞいてみたら、殿下によく似た娘さんがおられるなあと思って、声をかけた次第です」

『嘘だね』

『うん、嘘ついてる』

『メアリ、この男の言うことは信用しちゃダメよ』

どういう意味かと視線で訊《たず》ねる。

『こいつ、初めからこの皇子のあとをつけてきてた』

『護衛の騎士がまかれたあとも、バレないよう、こっそりとね』

『気をつけて、メアリ』

気をつけてと言われても、今さら顔を隠すわけにもいかず、どうしたものかと頭を悩ませていると、「初めまして、ノエ・セルジオスと申します」と挨拶されて、こちらも慌てて頭を下げる。

「初めまして、リィと申します」

「そのお顔立ちから察するに、リィさんはレイ王国ご出身では？」

「ええ、まあ」

ノエと呼ばれた男は、地味な格好をしているものの、見るからに由緒正しい貴族といった出で立ちをしている。

当然、近隣諸国の王侯貴族の顔は覚えているはずだ。

まじまじと見下ろされて、これはさすがに気づかれたかなと、焦るメアリだったが、

「それにしても、マルクス殿――若君にこのような趣味がおありだったとは」

からかうような響きに、メアリとマルクスは顔を見合わせる。

「友情も行きすぎると、あらぬ誤解を招きますよ」

ノエの視線がまっすぐ、マルクスからもらった指輪――メアリが首から下げているペンダント――に向けられていることに気づき、慌てて服の中に隠した。

それだけならまだしも、

『そんなに緊張することないよ、メアリ』

『正体がバレないよう、魔法をかけておいたから』

『サムエルの時みたいにね』

ノエの目にはメアリの姿が男に見えているらしい。

精霊たちに感謝しつつも、「心臓に悪いから、できれば早めに教えてね」と小声でお願いする。

「リィは友人ではなく、大切な命の恩人です」

「そうなのですか？」


――この人、口は笑っているけれど、目が笑っていないわ。


突き刺すような視線を感じて、メアリは慎重に口を開いた。

「道に迷われていたマルクス様を、出口までご案内しただけです」

萎縮《いしゅく》するメアリをかばうように、マルクスが口を挟む。

「兄上から話を聞いていないのですか？」

怪訝そうなマルクスに問われ、ノエはにっこり笑みを浮かべると、

「もちろん、全て存じ上げていますよ」

『はい、嘘』

『嘘だね』

『人間は騙《だま》せても、私たちは騙《だま》されないんだからっ』

精霊には人間の嘘を見破る力がある。

だからメアリは、今まで一度も彼らに嘘をついたことはなかった。下手に嘘をついて本心を暴かれるくらいなら、黙っていたほうが賢明だ。

『こいつ、カマかけてるよ』

『自分の知らないことを、皇子から聞き出すつもりだ』

『メアリの素性を知る手がかりにもなるしね』

この男とはできる限り関わらないほうがいいと精霊たちに忠告されたメアリは、その後の対応をマルクスに任せて、自分は仕事に意識を向けることにした。

幸い、お客が次々と現れてくれたおかげで、二人の会話に巻き込まれずに済みそうだ。

「若君、ただちに隠れ家へお戻りください」

「今来たばかりなのに？」

「ここにいても、仕事の邪魔になるだけですよ」

小声でたしなめられ、マルクスはしぶしぶ立ち上がる。

「私の護衛騎士をお供につけましょう。口が堅く、優秀な男ですからご安心ください」

言って、ノエが手で合図すると、どこからともなく騎士が現れ、こうべを垂れる。

「若君を隠れ家までお送りせよ」

「承知しました」

「帰る前に、リィにお別れを言いたいのですが」

「その必要はありませんよ」

笑顔で接客していたメアリだったが、ノエの視線を感じ、なぜか寒気を覚えた。

「あの方には私から、仕事のあとで若君のもとへお越しくださるよう、お願いいたしますから」

それを聞いて、マルクスの顔がぱっと明るくなる。

「本当に？」

「ええ。きっと我が主も、それをお望みでしょう」

◇

「ご無礼を承知でお訊《たず》ねしますが、リィさんは、レイ王国の第一王女と縁のある方ではありませんか？」

マルクスが立ち去り、客が途切れると、ノエは開口一番に言った。

メアリはとぼけたふりをして切り返す。

「どうしてそうお思いに？」

「あなたのような淡い緑色の目をした王国の民を、私は一人しか存じ上げませんし、あなたのお顔立ちが王女とひどく似ておられるので」

『あーあ』

『ついでに顔の作りも変えとけばよかったね』

『顔を見られたあとじゃ、目くらましの魔法はきかないし』

どうする、逃げる？　と精霊たちに心配され、メアリは首を横に振った。

いつまでも彼らの力にばかり頼ってはいけないと、背筋を伸ばす。

「他人の空似だと思います」

きっぱりとしたメアリの言葉に、ノエは噴き出しそうな顔をするものの、

「我が国では、精霊の加護を受けた者は、生涯幸運に恵まれると言われています。それどころか、周囲にいる者たちにもその恩恵をもたらすと。精霊付きにも同様の意味がありますが、あなたの目には、もしや精霊の姿が見えているのではありませんか？」

「……どうして、そうお思いに？」

動揺のあまり、同じ言葉を繰り返してしまう。

「昔から、緑色の目には魔力が宿ると言われているのですが、ご存知ない？」

初耳だと頷《うなず》く。

「単なる言い伝えにすぎないので、真偽のほどは私にも分かりかねます。ですがあなたは【魔の

森】に迷い込まれたマルクス殿下を、森の外まで導いたという。精霊の加護を受けた者にしか、できない芸当です」

断言されて、メアリは今度こそ言葉に詰まってしまう。

「我が国に伝わる歴史書によれば、レイ王国の初代国王は緑色の目をした名君で、精霊の加護を受けていたそうです。そのため【魔の森】は——当時は【精霊の森】と呼ばれていましたが、その森をうまく活用し、他国の侵略を防ぎつつ、自国を発展させてきたと、書物には記してあります」

『けれど王様が亡くなって』

『僕たちの姿が見える人がいなくなってしまったから』

『人間たちは勝手なことをし始めた』

自分たちの利益のために森を切り開き、自然を破壊した。

精霊の女王はこのことを嘆き悲しみ、森を守る結界を張って眠りにつく。

「噂では、初代国王には精霊の血が流れていたそうです」

はっとして精霊たちに視線を向けると、彼らはいっせいに顔をそむけてしまった。

そのことにもどかしさを覚えつつ、メアリはノエの話に耳を傾ける。

「だからこそ王は、自由に魔法を使うことができた。黒い影のような魔物を操り、敵国の兵士を何度も退けたとか」

そこで少し間を置くと、ノエは意味深な視線をメアリに向けて、

「確かに魔法さえ使えれば、姿や性別を変えることなど造作もないことかもしれませんね」

感心したようにつぶやく。

『間違いない、バレてる』

『バレてるね』

『しかもなんか羨ましそう』

『姿を変えられるのが？』

『魔法が使えるからでしょ』

『セイタールじゃ、魔法使いは絶滅危惧種だから』

かつて、セイタールの王侯貴族たちは膨大《ぼうだい》な魔力を有し、それによって他国を侵略、国を発展させてきたといわれている。

しかし代を経るにつれて保有する魔力も弱まり、魔法を使えるのは、ごく一部の限られた貴族のみらしい。

「だからこそ、メアリ王女の価値は計り知れないものであったのに、無知で愚鈍《ぐどん》な男を父親にもったばかりに、おいたわしいことです」

同情的な口調でそう締めくくったものの、ノエの視線は鋭さを増すばかりで、メアリはたじたじになってしまう。

しばらくの間、二人の間に長い沈黙が流れたものの、

「そうだ、リィさん。大切なことを言い忘れていました」

仕事が終わったあとでかまわないので、マルクス皇子の隠れ家に来て欲しいと頼まれる。

「広場の南口付近に、迎えの馬車を手配しておきますので」

先ほど精霊たちにこの男と関わり合いになるなと忠告されたばかりだし、それ以前に、マルクス殿下や御者の方をお待たせするのは申し訳ないからと、咄嗟《とっさ》に断ろうとしたメアリだったが、

「アキレス殿下もいらっしゃいますよ」

その言葉に、あっけなく陥落してしまうのだった。

◇

揺れる馬車の中で、メアリはしきりに衣服の皺《しわ》を伸ばし、手櫛《てぐし》で髪の毛を整えていた。

――また、アキレス様に会える。

胸がドキドキして、はしゃいで浮かれるメアリだったが、

――いけない、ちゃんと気持ちを隠さないと。アキレス様を困らせてしまうわ。

そう強く、自分を戒《いまし》めるものの、先ほどから頬が緩みっぱなしで、自分でもどうしていいのか分からなくなってしまう。

――私、あの方の前でちゃんとお話できるかしら。

それ以前に、緊張のあまり呼吸が止まらなければいいけれど。


『ああ、メアリ』

『恋してるね、メアリ』

『それに、すごく楽しそう』

精霊たちは精霊たちで、そんなメアリに温かな眼差しを注いでいた。

「ようこそおいでくださいました」

馬車が止まると、出迎えてくれたノエによって、メアリはすぐさま館の中へ案内された。広い応接間に通され、お茶とお菓子が出される。

「こちらでお待ちください」

柔らかな椅子に腰掛け、メアリはそわそわと辺りを見回す。

まもなくマルクスが現れて、メアリは笑顔で立ち上がった。

女装するのは外出時だけらしく、簡素な衣服に着替えている。

「お待たせして申し訳ありません」

「まあ、こちらこそ」

「兄上もまもなく来ると思うので、それまで二人で楽しく過ごしましょう」

◆

同じ頃、隣室では、先に館に到着していたアキレスが険しい表情を浮かべていた。

「どういうつもりだ？　ノエ・セルジオス」

主人に詰め寄られても、ノエはまるで表情を変えず、

「どういうつもり、とは？」

のうのうと聞き返す。

「なぜ彼女に接触した？」

「……彼女？」

「とぼけるのはよせ。お前が彼女をここに連れてきたんだろうが」

やはりそうか、とノエは喉を震わせる。

「殿下、あなたの反応を見て、あの方の正体を今確信いたしました。レイ王国第一王女メアリ・ア

ン様……まさかこの街におられたとは」

その言葉に、アキレスは眉をひそめる。

「見て気づかなかったのか？」

「何かの魔法が作用しているようで、私の目には、王女によく似た青年、としか」

おそらく精霊の仕業だろう。

しまった、余計なことを言ってしまった、とばかりに舌打ちするアキレスに、

「隠すようなことですか？」

ノエは呆れたように言う。

「追放された身とはいえ、王族は王族。しかも甘やかされた第二王女とは違い、彼女は既に皇太子妃としての教育も済んでいる。その上、精霊の加護を受けているとなれば、殿下のお相手としては、これ以上にないほど理想的なお方かと」

「……これだからお前に言うのは嫌だったんだ」

アキレスは疲れたように言い、椅子に座り込む。

「彼女はもう王女ではない。国のためにその身を犠牲にすることはないんだ」

「なるほど、よく分かりました」

そういうことですか、とノエはしたり顔で頷《うなず》くと、

「つまり、殿下のほうでは何ら異存はないということですね」

「……なぜそうなる？」

「メアリ王女に何かご不満でも？」

「いや、彼女に不満などない。清らかで美しく、完璧な女性だ」

「既にベタ惚れじゃないですか」

「話をそらすな」

明らかに茶化されていると思い、アキレスは語調を強める。

「彼女に無理強いすることは、たとえお前であろうと許さない」

「ご心配なく。私とて精霊の怒りを買うのは避けたいので」

現に自分にだけ、メアリの姿が男に見えているということは、それだけ精霊たちに警戒されている証拠だと、ノエは言う。

「ですが殿下とマルクス様はそうでもないようで」

「精霊には人間の嘘を見破る力があるというしな」

「ああ、子ども向けの絵本にも書いてありましたね、そんなこと」

弱ったなとばかりにノエは頭を掻《か》く。

「私の巧みな話術が通じないとは……」

「嘘をつかなければいいだけの話ではないのか？」

「本音ばかり口にしては、会話など成り立ちませんよ」

特にプライドの高い貴族の社交界ではと、ノエは苦笑する。

「言い方にもよりますが、かえって相手を怒らせる可能性が高い」

ですが今回ばかりは仕方がないと、嘆くように彼は続けた。

「今後メアリ王女に対しては、嘘偽りなく話したいと思います」

「俺にもそうしてくれ」

心外な、とばかりに彼はアキレスを見ると、

「ところで殿下、いつまでここに隠れているつもりですか」

◆

「まあ、アキレス様」

「兄上、ようやくお出ましですね」

決まり悪そうな顔で入室するアキレスを、メアリとマルクスの二人は笑顔で迎えた。

直後にノエが顔をのぞかせて、

「マルクス殿下。少しよろしいですか？」

切羽詰ったような表情を浮かべて、マルクスを呼び出す。

「殿下にお伝えせねばならぬ火急《かきゅう》の用件がございまして」

マルクスは首を傾げつつ、「すぐに戻ります」と言って部屋を出て行ってしまう。

しんと静まり返った部屋で、アキレスと二人きりにされたメアリは内心、あたふたしていた。


——落ち着くのよ、メアリ。


あの厳しい皇太子妃教育にも耐えてこられたのだから、今の自分には造作もないことだと、軽く深呼吸をして息を整える。

すると不思議なことに、徐々に気持ちが落ち着いてきた。

「どうぞ、楽にしてください」

立ったままのメアリに椅子を勧めると、アキレスはぎこちない動きで彼女の前に座った。

「…………」

「…………」

二人の間に流れる沈黙に、しびれを切らしたのは精霊たちだった。

『喋《しゃべ》らないね』

『緊張してるんだよ』

『まるでお見合いの席みたい』

『男のほうは慣れてそうなのにね』

『ねぇ』

『それだけ、メアリのことを意識してるってことよ』

『さすがメアリ』

『我らが女王陛下のお孫様』

『うるわしき精霊の姫君』

精霊たちが、懸命に自分を勇気づけようとしてくれている。

その気持ちに応えるために、メアリは思い切って口を開いた。

「あの、アキレス様は、何がお好きなのですか？」

この質問に、アキレスは驚いたように顔を上げる。

「俺の好きなもの、ですか」

「好きな食べ物、好きな花、好きな動物……なんでもかまいませんわ」

『いよいよお見合いみたくなってきたね』

『ねぇ』

『メアリはメアリなりに頑張ってんだから、茶化さないの』

例によって、精霊たちはこそこそ話をしている。

「これといって特に思いつかないが」

アキレスは考え込むように顔を俯《うつむ》けると、

「強いて言うなら、優しい、しとやかな女性が好みですね」

『確かになんでもかまわないとメアリは言ったけど』

『誰が女の好みを知りたいと言った？』

『馬鹿ね、鈍感なメアリに対してアピールしてるのよ』

なるほど、と頷《うなず》く精霊たちとは対照的に、

——ああ、どうしましょう。私とは正反対の女性がお好みなんだわ。


メアリは落ち込んでしまう。

以前アキレスからは「優しい女性」だと褒められたことはあるものの、迷子になっている子どもを助けるのは当然のことで、特にマルクスのように愛らしい子どもであればなおさら、誰だって手を差し伸べたくなるに決まっている。


——でも、これから努力すればいいわ。


そう決意して、次の質問に移る。

「でしたら、お好きなお菓子などはございませんか？」

「甘いものはあまり口にしないので」

その言葉に、目に見えてしょんぼりするメアリに、アキレスは慌てて言った。

「だからといって、嫌いなわけではない」

「ですが、好んで食べようとは思わないのでしょう？」

「たまたま、食べる機会が少なかったというだけで……」

『必死だね』

『そりゃあ、メアリに嫌われたくないもんね』

『メアリ、最近お菓子作りに凝っているから』

その言葉通り、メアリは恥ずかしそうに打ち明ける。

「実は最近、お菓子作りに凝っていまして」

「……あなたが、ご自分で料理をされるのですか？」

驚くというより感心したような口ぶりだった。

メアリは顔を赤らめないよう、さりげなく視線をそらす。

「とても人様にお出しできるような代物ではありませんわ」

「ご謙遜《けんそん》なさらずとも」

言いながらも、アキレスは気遣わしげな視線をメアリに向ける。

「王女として育ったあなたに、森での生活は過酷では？」

「まあ、そんなこと」

メアリは笑いながら、かぶりを振った。

「精霊たちが毎朝、森の恵みを届けてくれますから」

「不自由なことは何もないと？」

「ええ。それどころか、王宮にいた頃より、贅沢な暮らしをしていますわ」

断言するメアリに、アキレスは好奇心を掻《か》き立てられたようだ。

身を乗り出すようにして、メアリの顔をのぞき込む。

「例えば？」

自身の鼓動が高鳴るのを感じながら、メアリははにかんで答えた。

「最近、畑で野菜が採れましたの。とっても可愛らしくて……思わず名前をつけてしまいましたわ。自分が口にする食べ物を、自分で育てるなんて、贅沢じゃありません？　精霊たちは、植物の成長が早すぎると言って驚いていましたけれど」

『ああ、あれね』

『メアリが無自覚で魔法を使ってたやつ』

『早く大きくなあれって、毎日野菜に話しかけてたよね』

それはそれは大きなカボチャが採れたのだと、メアリは嬉しそうに言った。

「さすがに大きすぎて、料理するには骨が折れましたけれど、そのカボチャで作ったスープは大変美味しゅうございましたわ。野菜の旨みがそのまま出ていて、何も入れなくても甘いんです。そのあとで、カボチャのパイを焼きましたの、精霊たちは大喜びで食べてくれて……」

緊張のあまり、いつにもましてお喋《しゃべ》りになってしまった。

「いやだわ、私ったら。楽しくもない話をペラペラと……」

冷えた手を頬に当てて、熱を冷まそうとするものの、

「もっと話してください」

きらきら輝く黄金色の瞳を向けられて、いっそう体温が上がってしまう。

メアリが内心黄色い悲鳴をあげていることにも気づかず、アキレスはもどかしげに言った。

「その、あなたのことをもっと知りたいので」

それはどういう意味かとメアリが聞き返そうとした時、扉が開いてマルクスが入ってきた。

「兄上、ノエ・セルジオス卿を叱ってください。僕がこの部屋に入ろうとすると邪魔をするんです」

マルクスの入室を機に、メアリは慌てて席を立った。

訪問のマナーとして、長居は禁物である。

「それでは、私はこれで失礼いたします」

「もうお帰りになられるのですか？」

マルクスの悲しそうな顔を見ると心が痛むものの、「申し訳ありません」と謝罪する。

「畑の様子が気になりますし、精霊たちにクッキーを焼く約束をしておりますので」

「……ですが」

「マルクス、彼女を困らせるな」

やんわりと口を挟み、アキレスは立ち上がる。

「俺が森まで送り届けよう」

◇

目的地に着くまでの道中、アキレスは無言だった。

それでも馬の速度は以前よりも落ちていて、

『ずいぶんとゆっくり進むね』

『まだ、メアリと一緒にいたいんだよ』

『肝心のメアリは、気づいていないみたいだけどね』

メアリはメアリで、アキレスとのあまりにも近すぎる距離感に、会話どころではなく、喜びと恥ずかしさで、胸がいっぱいだった。

――最初の頃はなんとも思わなかったのに。

恋をすると、これほど景色が違って見えるのか。

——ああ、もう心臓がもたないわ。

早く森に着いてくれないかしらと思う。

一方、急かすのも悪いし、やっぱりまだこのままでいたい——などと考えて、「私ったら、なんてはしたない女なの」と自分を叱責《しっせき》する。

——アキレス様は、しとやかな女性がお好みなのよ。

目的地に到着すると、アキレスは以前と同じ場所でメアリをおろした。

「以前より時間がかかってしまい、すみません」

「いいえ、あっという間でしたわ」

事実その通りだったので、メアリは名残惜しげに言った。

「お送りいただいてありがとうございます。では、私はこれで」

そのまま森に帰ろうとするものの、

「どうかなさったのですか？」

アキレスがすぐ後ろからついてきていることに気づいて、驚いて振り返る。

「何か、言い忘れたことでも？」

「いえ、ただ、このままあなたとともに森に入ったら、俺はどうなるのかと思って」

『もちろん』

『排除するに決まってる』

『たとえ、それが大国の皇子でも』

感情のない精霊たちの言葉に、メアリはぞくりとする。

『それが決まりだから』

『森の掟だから』

『女王陛下のご命令だから』

メアリは咄嗟《とっさ》に「いけません」と言って、アキレスの歩みを止めた。

「精霊たちが警告しています。森に入れば、たとえあなたでも命はないと」

「それは、俺が人間だから？」

頷《うなず》くメアリを見、アキレスは苦しそうな表情を浮かべる。

「たとえあなたに会いたくとも、俺のほうからあなたに会いに行くことはかなわないと？」

言っている意味がよく分からなかったものの、

「その必要はありませんわ」

メアリは笑って答える。

「週に二日は、あの街にいますもの」

「だが裏を返せば、それ以外であなたに会う手段はないわけだ」

この言葉に、メアリはきょとんとしてしまう。

「会いたい時に会えないというのは、思いのほか辛いものですね」

「それは、私に限ったことではないのでは？」

メアリは首を傾げつつ答えるが、

「婚約者に会うために頻繁に隣国を訪れているユワンが羨ましい。戦争さえ起きなければ、いつでも会いたい時に、愛する女性に会えるのだから」

珍しく物憂《ものう》げな表情を浮かべるアキレスに、メアリははっとした。


——もしかして、アキレス様には愛する女性が？

しかも容易に会える相手ではないため、苦悩していると。

——そういうことなのね。

初めて味わう失恋の痛みに、じわじわと涙がこみあげてきたものの、

——泣いてはダメよ、メアリ。私なんかより、アキレス様のほうがもっと辛い思いをしていらっしゃるんだから。

涙をこらえて、メアリは精一杯の笑顔を浮かべる。

「アキレス様、どうか諦《あきら》めないでくださいませ。きっと解決策はありますわ」

そんなメアリを、アキレスは不安そうに見つめる。

「本当に？」

ええ、とメアリは力強い声を出す。

「お互いを想い合う気持ちがあれば、きっと、どのような困難も乗り越えられます」

「その前に、その相手が、俺のことをどう思っているのかが分からないのだが」

突然の恋愛相談に、メアリは虚を衝かれてしまう。

——ということは、アキレス様はその方に片思いをしていらっしゃるのね。

であれば、彼は自分と同じ——共感できると、メアリは言う。

「相手の気持ちが分からず、さぞ不安でしょう」

「……なにぶん、生まれ育った国が違うもので」

アキレスは弱ったように打ち明ける。

なるほど、その方は異国育ちなのね、とメアリは頷《うなず》く。

自分にとってはライバルに当たる女性だが、もともと争う気もないので、メアリは涙をのんで、アキレスを励ます。

「愛の前に、そのような問題は些細《ささい》なこと」

『あのー、メアリ？』

『盛り上がってるとこ悪いんだけど』

『さっきから話がぜんぜん噛み合ってないよ？』

しかし今のメアリに精霊たちの言葉は届かず、

「どうか自信を持ってくださいませ、アキレス様」

サムエルのことを思い出しながら、笑顔で断言する。

「一途にその方を想い続けていれば、きっといつか、報われる時がきますわ」

そろそろ限界が近いようだと、今にも張り裂けそうな胸を押さえる。

「では、私はこれで失礼します」

最後まで涙を見せまいと笑顔を浮かべたまま、メアリは淑女《しゅくじょ》の礼をして、森へ入っていく。
そんな彼女の後ろ姿を見送りながら、アキレスはつぶやくように言った
「そんな日が、果たしてくるだろうか？」

◆

「そんなに思い悩むことですか」

悄然《しょうぜん》とした様子で戻ってきた主人に、ノエは呆れたような目を向ける。

「それほど離れ難かったのであれば、お引き留めして、館にお泊まりいただくよう、お願いすればよかったのでは？」

「彼女を困らせるのは本意ではない」

「……このカッコつけたがりめ」

かなり小声で言ったが、アキレスには聞こえたらしく、

「おい、今何か言ったか？」

「さすがは殿下。女心を熟知していらっしゃる」

「見え透いた嘘をつくな」

第五章　動く

「殿下、皇后陛下がお亡くなりになられました」

密偵の報告を受け、隣室にいるノエに叩き起こされたアキレスは「そうか」とつぶやくと、ゆっくりと身体を起こした。

「これでようやく、反撃ができる」

他国よりも治安がよく、軍事大国として知られているセイタールだが、大国ゆえに反皇帝派による内乱が起きることも珍しくなく、国境付近では近隣諸国との小競り合いが頻発するなど、まだまだ不安定な面も多い。

そのため軍にいた頃、戦場で多くの負傷者、死者を目にし、その家族を思って胸を痛めてきたアキレスだったが、皇后の死に関してだけは、一片の同情も感じられなかった。

彼女は、皇帝の愛妾《あいしょう》だった自分の母親を毒殺し、その息子ですら手にかけようとした怪物なのだ。

――そんな女が、手塩にかけて育ててきた我が子に裏切られるとは。

皮肉なことだとアキレスは笑う。

「今さらだが、ユワンが痴れ者で助かった。これまで、あの軟弱者が皇太子の地位にしがみついてこられたのは、皇后の権力のおかげだというのに」

「表向き、皇后様は病死となっておりますが、不審な点がいくつか見つかっており、父上がそのことを皇帝陛下に進言したところ、後日あらためて内密に調査を行うとのことでした」

「その不審な点とやらを宰相閣下に密告するよう指示したのはお前だろ？」

「さあ、何のことでしょう」

おどけるような仕草で肩をすくめると、感心したような声を出す。

「殿下の狙い通りになりましたね」

だが、これはまだ始まりにすぎないと、アキレスは表情を引き締める。

「大変なのはこれからだ」

「そうですね、できる限り証拠を集めないと」

「そっちはお前に任せる。俺はユワンの相手をする」

「でしたらこれから帝都へお戻りに？」

アキレスは頷《うなず》き、起き上がって身支度を始める。

「いかに放蕩《ほうとう》息子とはいえ、国母である皇后の葬儀に欠席したとなれば、心証が悪くなるからな」

「そうですね、今後はイメージアップにも尽力していただかないと」

苦い笑みを浮かべるアキレスに、ノエは続ける。

「例えば国民の支持が得られるような、精霊の加護を受けた女性を妻にするとか」

「ノエ・セルジオス、お前は何度言ったら……」

「嘘偽りなく話せといったのは殿下のほうですよ」

うっと言葉に詰まるアキレスだったが、

「お前に言われるまでもない」

怒ったように歩き出し、戸口へ向かう。

「どちらへ？」

「どこでもいいだろう」

すぐに戻ると言って、アキレスは部屋を出て行ってしまった。

◆

——失恋が、こんなにも苦しくて悲しいものだったなんて……

アキレスと別れたあと、メアリは家に閉じこもり、鬱々《うつうつ》としていた。

初めて恋を知って、散々浮かれた挙句、一人で盛り上がって——その反動からか、帰宅した直後、どっと力が抜けてしまい、何もする気になれないのだ。

——どうして、アキレス様の想い人が私ではないのだろう。

そんな身勝手な考えに、自嘲《じちょう》してしまう。
こうなることは、初めから分かっていたことなのに。単に想像するのと、現実に体験するのとでは、まるで違うのだということを、身をもって知った。

——いけない、そろそろ畑に水を遣らないと。

このままじっとしていたら、暗いことばかり考えてしまう。
とりあえず今は、無理にでも身体を動かしたほうがいいと思い、家の外へ出る。
精霊たちの異変に気づいたのは、その時だった。
『まだ抵抗してる』
『むしろ、魔物のほうがおされているよ』
『微弱だけど、魔力を有してるみたい』
周囲にいる精霊たちがざわついている。

『剣に魔法がかけられているんだ』

『その上、腕も立つ』

『かなりの使い手ね』

忌々《いまいま》しげなその口調に、メアリは不安を覚えた。

「また、誰かがこの森に迷い込んだのね？」

たいていの場合、メアリが気づく前に、その人間は精霊たちによって——厳密に言えば、魔法によって生み出された魔物に始末されてしまうのだが、今回は珍しく時間がかかっているらしい。

『迷い込んだんじゃない』

『自分の足で入ってきたんだ』

『命を賭《と》して』

「誰なの？」

『セイタール帝国』

『第二皇子』

『アキレス・クラウディウス』

なぜ……どうして？　理由を考える前に、身体が動いていた。

「お願いよ、私をアキレス様のもとへ連れて行ってっ」

女王の血族に、目に涙を浮かべて懇願されては、精霊たちも否とは言えない。

明滅する光のあとを追って、メアリは矢も盾もたまらず、駆《か》け出した。

「――アキレス様っ」

まもなくして、黒い靄《もや》のような化物と戦うアキレスを見つけた。

メアリは無我夢中で走ると、両者のあいだに割りこんだ。

鋭い鉤爪で、今まさにアキレスを攻撃しようとしていた化物は、メアリの身体に触れた瞬間、煙のように跡形もなく消えてしまう。

辺りは静寂に包まれたものの、化物を目の当たりにした恐怖より、アキレスを失わずにすんだ安堵感から、メアリはずるずるとその場にへたり込んでしまった。

「大丈夫か？」

咄嗟《とっさ》にアキレスに支えられて、それはこちらの台詞だと、彼の胸を叩く。

「なぜ、このような危険なことをなさるのですっ」

「もしや、怒っておられるのか」

「当然でしょうっ」

「……あなたでも、怒ることがあるのだな」

なぜか嬉しそうに言われて、毒気を抜かれてしまう。

ともかく今は、この森から彼を逃がすことが先決だと、メアリは足に力を入れて立ち上がり、そのままアキレスの手を引いて歩き出した。

「さあ、こちらへ。怪我などはされていませんね？」

幸い無傷だとアキレスは頷《うなず》く。

「まさか、これほど早く、あなたにお会いできるとは思ってもみなかった」

「森に入れば命はないと警告したはずです」

非難する気などなかったのに、つい恨みがましい言葉を口にしてしまう。

「御身を大切にするのも、皇子としての大事な務めですわ」

「すまない、帝都に戻る前に、どうしてもあなたに会っておきたくて」

その言葉に、はっとして彼の顔を見る。


——私に会うため？　ただ、それだけのために？


「皇后が死んだ。ユワンは後ろ盾を失い、今や不安定な状態にある。仕掛けるなら今しかない」

皇子として生を受けた彼が、皇太子としての地位を望むのは至極当然のことだ。いずれ皇太子であるユワンが皇帝となれば、マルクスだけでなく、自分の命すら危うくなるのだから。

「だから、これをあなたに」

差し出されたものを反射的に受け取る。

それは美しい、金製の櫛《くし》だった。

持ち手の部分に宝石が埋め込まれていて、庶民にはとても手が出せない代物だ。

「父上が母上に贈られたものらしい。あなたが使ってくれると、母も喜ぶ」

「そんな……受け取れませんわ」

「マルクスは良くて、俺はダメなのか」

責めるように言われて、返すに返せなくなってしまう。

「俺がいないあいだ、マルクスのことをお願いしたい」

メアリは言葉なく、アキレスを見つめた。彼も一心に、自分のことを見つめている。

ようやく森の出口に着くと、メアリは重い口を開いた。

「いつ、お戻りに？」

分からないとアキレスはかぶりを振る。

強い喪失感を覚えて、メアリは涙を流した。

「なぜ泣く？」

戸惑いがちに問われ、メアリは懸命に涙をこらえようとするものの、優しい手つきで涙を拭われて、いっそう泣き出してしまう。

「わ、分かりません、ただ……」

アキレスは辛抱強く、自分の言葉を待ってくれている。

それに勇気づけられて、メアリは正直な気持ちを打ち明ける。

「もう、あなたに会えないのかと思ったら、悲しくて……寂しい」

しかしこれまでが恵まれすぎていたのだと、頭の中で冷静な声が聞こえた。

国を追放された自分と、帝国の皇子であるアキレスとでは、住む世界が違いすぎる。本来であれば、望んで会える相手ではないのだと。

「そうか」

なぜか感極まったような表情を浮かべるアキレスを、メアリは不思議そうに見やる。

「メアリ、マルクスにもらった指輪を貸してくれないか？」

言われて差し出すと、そのまま左手を掴まれてしまった。

「少し、大きいか」

試しに指輪を薬指にはめられても、メアリはなされるがままである。

それどころか、一体アキレスは何をしているのだろうと、ぼんやりしていた。

「次に会う時までに調整しておこう。しばらく預かってもかまわないか？」

元は彼らの母親の形見だ。もちろんだと頷《うなず》く。

アキレスはぎこちなく手を伸ばすと、こわれ物に触れるような手つきでそっとメアリを抱き寄せた。

「愛してる、メアリ」

こらえきれないというように、アキレスは告げた。

「必ず迎えに戻ると約束する。だから泣かないでくれ」

◇

これは絶対に夢だとメアリは思った。

自分があまりにも落ち込んでいたから、同情した精霊たちが、魔法を使って幸せな夢を――恋が成就する夢を見せてくれているのだと。

だから愛を告げられて、手の甲に口づけられた時も、メアリは何も言わず、じっとしていた。

少しでも動いてしまったら、また何か言ってしまったら、幸福な夢から醒《さ》めてしまうかもしれない。それが怖かったから。

けれどアキレスが立ち去って、ようやく、それが夢でないことに気づいたのは、痛いほど握り締めていた、金の櫛《くし》のおかげだった。

――信じられない……あのアキレス様が、私を……？

子どもの頃から、家族や家臣たちに愛され、可愛がられてきたのは妹のアメリアのほうだ。

線の細い、神経質そうな感じのユワンですら、愛らしい顔立ちの妹を前にすると、だらしなく鼻の下を伸ばしていたのを思い出す。

一方のメアリは、生まれた時から、虚言癖のある王女として周囲に奇異な目で見られ、ユワンの婚約者となってからは、未来の皇太子妃として、常に完璧な振る舞いを求められた。

父の期待に応えたい一心で血のにじむような努力を続けても、努力するのは当然のことだと言われ、誰も自分のことを認めようとはしてくれなかった。


――お父様ですら、私のことを愛してくれなかったのに。

でも今は、どうでもいいとさえ思える――家族の情も、他人の無関心も。

――私を愛していると……アキレス様が……この私を。


じわじわと湧き上がる喜びを感じながら、メアリは幸福を噛み締めていた。

けれどあることに気づいて、たちまち後悔に襲われる。

「まあ、どうしましょう……私ったら……」

取り返しのつかないことをしてしまったと、青ざめるメアリに、心配した精霊たちが声をかける。

『メアリ、どうしたの？』

『顔色が悪いよ？』

『私たちに話して』

優しい言葉をかけられて、メアリは涙ぐみながら口を開いた。

「こんなに素敵な贈り物をいただいたのに、ろくにお礼も言えなかった。それに……」

――私もお慕い申し上げていますと、なぜすぐに言わなかったの？


「アキレス様に、誤解されたかもしれないわ。だって私、何も言えなかったの。馬鹿みたいに、ぼうっとしてただけ。そのせいで、アキレス様のお心が他の女性に移ってしまったら」

自分を責めるメアリに、精霊たちはすぐさま同情する。

『そんなことないって』

『考えが飛躍しすぎだよ、メアリ』

『メアリの想いは、ちゃんと伝わっているはずだから』

いいえ、いいえと珍しくメアリは強く首を横に振った。

「言葉にしないと分からないわ。ただ想うだけでは、相手には伝わらない。だって、私がそうだったんですもの。アキレス様に想われていたなんて、ちっとも気づかなかった」

『……あー、うん』

『そういう人もいるよね』

『確かに、言葉にしないと分からないね』

今すぐにも、アキレスに会いたい。会って、自分の想いを伝えたいと、メアリは強く思った。

『協力するよ』

『転移の魔法を使えばあっという間だし』

『メアリの望むままに』

ありがとうと心から感謝しつつ、メアリは張り切って言う。

「でもその前に、やることがあるわ」

◇

メアリはその日、辺境の街に行くと、真っ先にマルクスの元を訪れた。

兄の不在で落ち込んでいるかと思いきや、思いのほか彼は元気そうで、

「兄上なら大丈夫です。ノエ・セルジオス卿もついていますし。僕は何も心配していません」

明るい声で言った。

「それより、僕はあなたに謝らなければなりません」

神妙な面持ちでマルクスは立ち上がり、メアリの前で膝《ひざ》をついた。

「レイ王国第一王女メアリ・アン殿下、どうかこれまでの非礼をお許しください。そしてあらためて、我が命をお救いいただいたこと、心より感謝申し上げます」

そう、かしこまった口調で言われ、メアリは慌ててしまう。

「やめてください、マルクス様」

一体どこで自分の正体に気づいたのかと考えつつ、

「アキレス様からお聞きになったのね」

はっとして訊《たず》ねる。マルクスは笑いながら頷《うなず》き、椅子に座った。

「最近の兄上は、口を開けばあなたのことばかり話しておられるので」

「まあ。それは知りませんでしたわ」

「お料理が得意だとか？」

「あら、得意なわけでなく、好きなだけですわ」

「野菜も育てているとか？」

「ええ、それはもう、とっても可愛い子たちで……」

『メアリ、メアリ、話がそれてるよ』

『そろそろ本題に入らなきゃ』

『お買い物する時間がなくなっちゃうよ』

そういえばそうだったと、精霊たちの言葉で我に返る。

「ところで、マルクス様にお聞きしたいことがございまして」

櫛《くし》のお礼にアキレスに贈り物をしたいので、助言をもらいたいという旨を伝えると、

「あなたが贈るものなら、兄上は何だって喜ぶと思いますけど」

マルクスはおかしそうに笑う。

「そういったことに関しては、僕よりノエ・セルジオス卿のほうが詳しいと思うので、彼に聞いてみてはどうでしょう？　と言いたいところですが、それも難しいか」

『難しくないよ』

『だね』

『どうする、メアリ？』

――でも、お仕事の邪魔をするわけにはいかないし。

もう少し考えてみますと答えて、軽く世間話をしたあと、メアリは館を辞した。

◇

翌日から、家事や畑仕事の合間に、メアリは街で買った、肌触りの良い布と裁縫道具を手に、作

業に没頭していた。

アキレスのことを想いながら、ひと針ひと針刺していく。刺繍《ししゅう》は貴婦人の嗜みの一つで、メアリも幼少の頃から徹底的に叩き込まれていたため、刺繍《ししゅう》による装飾は慣れていた。

ハンカチにする予定の布地に、アキレスの名と、彼の軍馬をモチーフにした刺繍《ししゅう》を施していく。

――気に入ってくださると良いのだけれど。

もちろん贈り物はそれだけでなく、手製の焼き菓子も持っていくつもりだ。

――でもその前にノエ様にお会いして、他に何をしたらアキレス様に喜んでいただけるか、きちんと助言をいただきましょう。

念には念を……と、メアリは慎重だった。

『メアリ、気合が入ってるね』

『目つきが違うよね』

『当然よ』

例のごとく、好き勝手言う精霊たち。

『メアリにとっては、女の一生をかけた一大イベントだもの』

『僕たちも頑張らないとね』

『そうだね、全力でメアリをサポートしないと』

『メアリの邪魔をする奴は、みんな始末するつもりでね』

『『ガッテンしょうちっ』』

◆

数日後、帝都に戻ったアキレスは、皇后の葬儀の最中、じっとこちらを睨《にら》みつけてくるユワンの視線を感じていた。生母が同じ弟が行方知らずになって意気消沈しているはずの自分が、平然とした顔で葬儀に参列しているのが気に入らないのだろう。

あえて挑発するように笑みを見せると、彼は顔を真っ赤にして地団駄《じだんだ》を踏む。

——ガキめ。

「アキレス殿下、皇帝陛下がお呼びです」

数日後、ついにこの時が来たかと、アキレスは正装に着替えて謁見《えっけん》の間へと急いだ。

中に入ると、皇帝だけでなく、宰相やセイタールの重臣たちの姿もあった。

既にユワンが先に来ていて、皇帝に向かって声高に訴えていた。

「父上、我が母である皇后陛下を病死に見せかけ、殺害したのは愚弟《ぐてい》アキレスです」

どうやら彼は、自らの欲望を叶えるために実母を殺害するだけでは飽き足らず、その罪を自分になすりつけようとしているらしい——とんだ茶番だと、乾いた笑みを漏らす。


——けれどまあ、想定内の展開だ。


ここからが正念場だと、アキレスはすうっと息を吸い込み、

「陛下、反論をお許しください」

前に進み出て言った。

皇帝は二人の皇子を見下ろし、にやりと口角を上げると、

「いいだろう、とことんやれ」

と許可する。

アキレスはあらためてユワンに向き直り、

「俺がやったという証拠でもあるのか？」

と強気に問う。

長身のアキレスに上から見下ろされ、ユワンは不愉快そうに鼻を鳴らした。

「母上の侍女と侍医が自白した。お前の命令で毒を盛っていたと」

「命令？」

「いいや、違うな。命令じゃなく脅《おど》したんだ。家族を人質にとって」

そうきたか、とうすら笑いを浮かべる。

「それこそお前が脅《おど》して自白させたのだろう、ユワン。罪を俺になすりつけるために」

「馬鹿なことを」

「だったらなぜ、母親が毒を盛られていると気づいた時点で助けなかった？　見殺しにしたも同然だろ」

何を言われたのかすぐには理解できず、一瞬ポカンとしたユワンだったが、

「毒を盛られていることに気づいたのは母上が死んだあとだ。見殺しにはならないっ」

唾《つば》を飛ばして逆上するユワンを見、アキレスはわざととぼけたふりをして、

「だったら、俺が殺したという証拠は？」

同じことを訊《たず》ねる。ユワンの神経を逆撫《さかな》ですると分かった上でだ。

異母兄は昔から身体が弱く、甘やかされて育った。

そのため短気でわがまま、自分の思い通りにいかないと子どものように癇癪《かんしゃく》を起こす。

ユワンが怒りで冷静さを失えば、間違いなくボロを出すと踏んでいた。

「お前は馬鹿かっ。侍女と侍医を拘束して自白させたとさっき言っただろっ」

「そもそもなぜ俺なんだ？　皇后陛下に恨みを持つ人間なら他にもいるだろう？」

「だからっ、何度言わせれば――」

ユワンは息を吐いて怒気を鎮めると、皇帝を見上げて言った。

「ご覧の通りです、陛下。これではいくら話しても埒《らち》が明かない」

皇帝は軽く眉を上げると、厳しい声で言った。

「逃げるのか、ユワン？」

「……陛下……いいえ、逃げません」

「だったらアキレスの質問に答えよ。こやつが皇后を殺す動機はあるのか？」

「そんなもの、いくらでもありましょう」

苛立《いらだ》ちのこもった声で、ユワンは言った。隣に立つアキレスを忌々《いまいま》しげに睨《にら》みつける。

「こやつは、正室の子である私を常に妬んでいるのですから」

「だったら、皇后を殺す前にお前を殺すさ」

飄々《ひょうひょう》と答えるアキレスに、ユワンは予想通り神経を逆撫《さかな》でされたような顔をする。

「だそうだ、ユワン。反論はあるか？」

ユワンは青白い顔で、ぎゅっと拳《こぶし》を握り締めると、「故人のことを悪く言いたくはないが、やむを得ない」とばかりに口を開いた。

「母上は生前、私のためにと、弟たちの暗殺を企てておりました。もっとも、あまりうまくいかなかったようですが――現在、マルクス皇子が行方不明になっているのも、そのせいかと」

ふむ、と皇帝は腕組みすると、アキレスを見て言った。

「軍では人望厚く、優秀なお前が、貴族の社交界に顔を出さぬ理由がよく分かった」

それから眉間に皺《しわ》を寄せつつ、ユワンに視線を戻す。

「しかしマルクスを城から連れ去った男たちは、ユワン、お前の手の者たちだという報告を受けているが」

「だ、誰がそのような戯言をっ」

動揺のあまり甲高い声をあげるユワンを、皇帝は冷ややかな目で見下ろしている。

ユワンははっとしたようにアキレスを見ると、「お前かっ」と詰め寄った。

しかしアキレスは表情を変えずに皇帝を見ると、

「発言をお許しください、陛下」

「許す」

「マルクスは生きております」

その言葉に、周囲にいた廷臣たちがざわついた。

「ではなぜ余の前に顔を出さぬ？」

「再び命を脅《おびや》かされる危険があるからです、陛下」

「なるほど、だから放蕩《ほうとう》息子であるお前が、いやいや余の前に現れたというわけか」

皮肉めいた言葉に反して、声には面白がるような響きがこめられていた。

「さて、ユワン、申し開きをしてみよ」

「も、申し開きなどする必要はありませんっ。全ては、私を陥《おとしい》れようとする弟の……アキレスの企みですっ」

ユワンの抵抗はなおも続いたが、「失礼します」と言って、宰相の息子ノエ・セルジオスが姿を現すと、場がしんっと静まり返った。

ノエは素早くアキレスの元へ行き、何事か耳打ちする。

「陛下、たった今、皇后陛下の死因が判明いたしました」

ノエから報告を受けたアキレスの言葉に、周囲がざわめく。

一方のユワンも驚きの声をあげた。

「陛下、母上のご遺体は既に埋葬されたはずでは……」

「いくつか不審な点があるという報告を受けてな。他国の優秀な医師を呼び寄せ、内密に調査させたのだ」

「まさか、母上のご遺体を墓から掘り起こし、切り刻むようなことを……」

「余の権限で許した」

有無を言わせぬ声に、ユワンは唇を噛み締める。

アキレスは構わず続けた。

「皇后陛下の体内からある薬物が見つかったとのことです」

「やはり毒か？」

皇帝に問われ、「いいえ」とアキレスはかぶりを振る。

それからおもむろにユワンのほうを向くと、

「薬も使い方を誤れば毒となる。ユワン、お前が普段服用している常備薬だ」

この言葉に、絶句するユワンだったが、

「ありえませんっ、陛下っ。そのような愚《おろ》かなことを私がするとお思いですかっ」

この時ばかりは必死に否定していた。

「母上の死因は遅効《ちこう》性の毒物によるものだっ。決して薬物の多量摂取では……」

「そうだ」

ユワンの言葉を遮《さえぎ》るように、アキレスは断言した。

アキレスはすぐ後ろに控えるノエの顔をちらりと見やると、

「お前の言う通りだ、ユワン。皇后の死因は遅効《ちこう》性の毒物によるもの。しかし、なぜお前がそのことを知っている？」

ユワンはしまったとばかり唇を噛み締め、唸《うな》り、やがて力なくうなだれる。

獲物が罠にかかった瞬間だった。

「ユワン、お前には、皇后殺害及び第三皇子暗殺未遂の嫌疑がかけられている」

重臣らが息を呑《の》んで見守る中、アキレスは皇帝を見上げる。

父である皇帝の許可を得て、アキレスは衛兵たちを呼び寄せると、静かに命じた。

「ユワンを拘束せよ」

◇

「何年前から計画していた？」

ユワンが拘束され、牢獄《ろうごく》に閉じ込められたあと、アキレスは皇帝に呼ばれ、彼の執務室にいた。

「何のことでしょう？」

「とぼけるな。全てお前が仕組んだことだろう」

「人聞きの悪いことをおっしゃらないでください。私は私の正義を貫いただけです」

「弟のためにか？」

「私自身のためです」

「……よくぞ今まで生き抜いてこられた」

皇帝は感心したように言い、長い息を吐いた。

「皇太子の座はユワンでなくお前にこそふさわしい。宰相もそう申していた」

「謹《つつし》んでお受けいたします」

この瞬間、長年の苦労が報われた気がした。けれどやるべきことは他にもある。

アキレスは深く頭を下げて、急ぎ部屋をあとにした。

「やりましたね、殿下」

自室に戻ると、長椅子に座ってふんぞり返るノエの姿があり、「これではどちらが主人か分からんな」とアキレスはぼやいた。

しかし今回ばかりは目を瞑ってやるかと、寛大な笑みを浮かべる。

「陛下よりお褒めの言葉を頂戴《ちょうだい》した。よくぞ今まで生き抜いてこられたと」

ノエを押しのけて椅子に腰かけると、

「殿下は強運の持ち主ですから」

と珍しく持ち上げられる。

「このあと、ユワンはどうなる？」

「廃嫡ののちに処刑でしょう」

ノエはさらりと言う。

「皇后の殺害及び皇子暗殺未遂ともなれば、嫌疑をかけられた時点で処分は免れないかと」

「……次の皇太子は俺だと、陛下よりご指名賜《たまわ》った」

その言葉にもノエは驚かず、

「順当にいけばそれも当然かと」

「宰相閣下が俺を推してくださったそうだ――お前の差し金か？」

いいえ、とノエは首を横に振る。

「単に殿下が優秀だからでしょう。我が父は、呆れるほど能力主義者なので。それに殿下を皇太子にと望む者は他にも大勢おりますよ。皇后陛下もそれをご存知だったからこそ、幾度となくあなた様を亡き者にしようと企んだわけで……」

とりあえず食事になさいませ、と言い、ノエは立ち上がって侍女を呼んだ。

軽食のあとで、再びノエが口を開く。

「ただ厄介《やっかい》なことに、皇后陛下殺害に関しては、レイ王国の第二王女も関与していると言わざるを得ません」

「あの娘がユワンをそそのかしたというのか」

「虫も殺さぬような顔をして、かなりの野心家ですよ、あの王女は」

当時、メアリ王女と婚約していたユワン皇子に肉体関係を迫った挙句、その身体で皇子を篭絡《ろうらく》し、「愛し合う私たちの仲を皇后が引き裂こうとしている」だの「皇后さえいなければ、二人は幸せになれる」だのと、事あるごとにユワンに吹き込んでいたらしい。

「殺人教唆《きょうさ》にあたりますね」

「……であれば、これから忙しくなるな」

「軍へお戻りに？」

「その必要はなかろう。レイ王国とセイタール帝国とでは、軍事力の差は歴然としている」

「だからこそ、かの国は、我が国と同盟を結ぼうと必死でしたからね」

やれやれというようにノエは肩をすくめる。

「もっともそれも白紙の状態に戻ったわけですが」

「それどころか状況は悪化したな」

「なんだか楽しそうですね、殿下」

「そう見えるか？」

ええ、とノエは頷《うなず》く。

「メアリ王女のことをお考えでしょう？」

彼の言う通りだ。

きっかけはなんだったか。

アキレスは初めてメアリに会った日のことを思い出していた。

あれは、彼女がユワンの婚約者として、初めてこの国を訪れた時のこと。

精霊付きだと聞いていたので、レイ王国の第一王女には以前から興味があった。

その上、母を亡き者にした皇后がひどく彼女のことを気に入っているらしく——どんな女が来るのか見てやろうと思い、わざわざ軍の訓練を抜け出してまで皇宮に忍び込んだのだ。

遠目には、ただの綺麗な娘にしか見えなかったが、当時十六歳だったにもかかわらず、彼女の振る舞いは堂々としたものだった。

大国の皇后や皇太子を前にしても、少しも臆することなく、ゆったりと会話を楽しんでいる。

ただ時たま、誰もいない場所をじっと見つめていたり、誰も喋《しゃべ》っていないのに、耳を傾けたりする仕草をするので、ユワンは気味悪がり、皇后はいっそう熱心に彼女のことを歓待した。


——彼女の目には一体何が映っているのだろう。本当に精霊の姿が見えるのだろうか？


どうしても彼女と話がしてみたかったアキレスは髪の毛の色を変え、女装し、部屋付きの使用人になりすまして、彼女に近づいた。

敵である異母兄の婚約者に近づくなど、あらためて思い起こせばかなり命懸けの行為だったが、それ以上に、彼女のことを知りたいという好奇心が優った。

『そこに何かいるのですか？』

控え室で、運良く彼女と二人きりになったアキレスは、思い切って彼女に話しかけた。

じっと部屋の隅のほうを見つめていた彼女は、驚いたようにこちらを向く。

本来、使用人が王族に話しかけることなどあってはならない——下手をすれば極刑ものの許されざる行為だが、彼女は怒ることなく、微笑んで答えてくれた。

『何もいないわ。ただ、ぼんやりとしていただけ』

『そのわりに目がきらきらしていましたよ』

まあ、と彼女は驚いたように手で口元を押さえると、

『よく見ているのね』

『……それが仕事ですから』

彼女はくすくすと笑い、それから寂しそうな口調で言った。

『言ってもどうせ信じてくれないわ』

『だったら当ててみせましょうか？』

胸を張って言えば、彼女は不思議そうに首を傾げる。

『小さくて、すばっしこくて、普通の人には見えないものでしょう？』

子どもの頃、文献で読んだことがある精霊の特徴を口にすると、

『そう、そうよ。どうして分かったの？』

彼女が本当に嬉しそうな顔をするので、次第に照れくさくなって頬を掻《か》く。

『そのちびっ子たちに聞けばいい』

『それもそうね』

口からでまかせを言ったつもりだが彼女は真に受けたらしく、見えない何かに話しかけていた。

『どうせ本で仕入れた知識をひけらかしているだけだろう、ですって？』

それを聞いて、思わずぎくりとしてしまう。

『ほ、他には？』

『あなたの正体が男性で、この国の第二皇子だと言っているわ。きっと私のことをからかっているのね。だって皇后陛下がおっしゃっていたもの。第二皇子は現在、遠征中で留守にしておられると……』

彼女の話を最後まで聞くことなく、「お喋《しゃべ》りがすぎました」と言って頭を下げると、アキレスはくるりと背中を向け、控え室から逃げ出した。

彼女の力は本物だ。

本物の精霊付き——少しでも魔力を持つ者、魔力に触れた者は精霊の存在を信じ、恋焦がれると言うが、アキレスの母がまさにそれだった。

亡き母は微量ながらも魔力を有していたため、精霊の存在を頑なに信じていた。もし母が生きていたら、メアリに会って、さぞ喜んだことだろう。

——彼女はきっと、あの時のことを覚えていないだろうな。

記憶にも残らないような、たわいもないやりとり。

けれどアキレスにとっては忘れがたい経験となった。

そんな彼女が、第二王女の暗殺未遂の疑いをかけられ、国外追放となった時は心の底から驚いた。

なぜならレイ王国の第二王女の悪評——王族としての気品に欠ける、素行が悪く公務もさぼりがち、そもそも王女としての教育がなっていない等——は、皇后を通じてセイタールにも届いていたので、

『濡れ衣の可能性が高いですね』

側近であるノエの考えにはアキレスも大いに賛同した。

『第一王女が本気で暗殺を企てていたのなら、精霊を使ってもっとうまくやるでしょう』

さらに詳しく調べたところ、王国で、彼女のことを擁護する者は誰もいなかったという。

そして彼女自身もまた自己弁護することなく、粛々《しゅくしゅく》と刑の執行を受け入れたそうだ。

『言ってもどうせ信じてくれないわ』

あの時の言葉の意味が、ようやく理解できた気がした。

今や、レイ王国では精霊の存在が信じられておらず、彼らの恩恵を一身に受けた王族たちもまた、建国の歴史をおとぎ話として捉えているらしい。

そのため、精霊が見える第一王女は、幼い頃から虚言癖があるとして、王宮では冷遇されていたようだ。

――強いな、彼女は……

妾腹《しょうふく》の子として、常に皇后に命を狙われ続けたアキレスは、それを知った時、彼女に自分の姿を重ねずにはいられなかった。

もう一度、彼女に会いたいと思いながらも月日は流れ、マルクスを通して彼女と再会した時は、やはり第二王女の自作自演だと――メアリは冤罪《えんざい》だと確信した。

その上、国外追放された身でありながら、彼女は王女であった頃よりも生き生きとしていた。おそらく【精霊の森】での暮らしが彼女を変えたのだろう。

そのことを羨ましく思うのと同時に、彼女のようになりたいと強く思った。

皇后やユワン、母を守ってくれなかった父王に対する怒りや憎しみを忘れて、自由になりたい。自分らしくありたいと。

――彼女がそばにいてくれたら、それができるかもしれない。

だからこそ勇気を出して想いを打ち明けた。

メアリのことを知れば知るほど、彼女に惹《ひ》かれていく。その気持ちを抑えきれなかった。

――俺ももっと強くならなければ……彼女に負けないように。

精霊の加護を持つ彼女に、自分の助けなど必要ないだろうが。

アキレスはおもむろに指輪を取り出すと、それを愛おしげに見下ろした。

「彼女のために、してやれることができた」

◆

その後まもなく、セイタール帝国がレイ王国に対して、宣戦布告をした。

ただし以下の条件を呑《の》めば、布告を撤回するという条件付きで。

その一、第二王女アメリア・スタージョの公開処刑をすみやかに実施すること。

その二、国外追放した第一王女メアリ・アンを自国に呼び戻し、身分を回復した上で、和平の証《あかし》として帝国に差し出すこと。

長きに渡り、戦らしい戦に身を投じてこなかったレイ王国の王と平和ボケした側近たちは、これを由々しき事態だと捉え、ただちに帝国側の条件を受け入れる旨を伝えた。

その日のうちに第二王女は絞首台の露と消え、第一王女捜索隊が編成された。

「しかし、第一王女が生きているというのは真なのでしょうか？」

帝国の使者の言葉に、首を傾げる王国の重鎮たち。

「追放後、メアリ王女は自ら、【魔の森】に入っていかれたという話ですが」

「あの森に入ったら最後、生きて出られた者はほぼいないとか」

メアリ王女が見つかるまで、王国に留まるよう命令を受けていた使者は、

「メアリ王女は精霊の加護を受けておられる。ゆえになんぴとたりとも殿下の御身を害することができないとか。【魔の森】の魔物ですら、殿下の御身に触れた途端、塵《ちり》と化して消えてしまったそうです」

ノエから与えられた情報を、使者はそのまま伝えた。

「現に、セイタールの辺境の街で、緑色の目をしたレイ人の女性が頻繁に目撃されているようで――」

◆

『あいつら、また来たよ』

『また来たね』

『メアリを追放した王国の騎士たち』
『でも、森の中までは入ってこないね』
『ビビってるんだ』
『周辺をうろついているだけみたい』
畑仕事を終えて、刺繍《ししゅう》に没頭しているメアリに聞こえないよう、精霊たちは囁《ささや》く。
『辺境の街でも、あいつらを見かけたよ』
『メアリを捜してるっぽいね』
『今さら？　どうして？』
『王国に連れ戻すために決まってるでしょ』
冗談ではないと、精霊たちは激怒した。
『さんざんメアリにひどいことをしておいて』
『そうは問屋が卸さないぞっ』
『あいつら全員に魔法をかけましょう。メアリが絶対に見つからないように』
かくして、第一王女メアリ・アンの捜索は難航するのだった。

第六章　結ばれる二人

「やっとできたわ」

何度か失敗してしまったものの、ようやく満足のいく出来栄えに仕上がったと、メアリはほっとした。丁寧に包んで、リボンで結ぶ。焼き菓子も何種類か用意したし、あとは……

『メアリ、準備はできた？』

『まず、ノエとかいう男のところへ行くんだよね？』

『今、その男の居場所を仲間が突き止めてるところだから、もう少し待ってて』

てきぱきとした精霊たちの言葉に、メアリは恐縮してしまう。

「面倒なことをお願いしてごめんなさい」

『面倒だなんてとんでもない』

『気にしなくていいんだよ』

『お礼のお菓子を楽しみにしてるから』

と、相変わらずメアリに優しい精霊たち。

彼らのうちの何人かは既に都入りし、情報収集を開始しているとのこと。

離れていても、同じ属性の精霊同士だと、水や風、樹木を媒介とした交信が可能らしく、

『セイタールは今、開戦の準備をしているみたい』

『それで城内もバタバタしてるんだって』

『今はタイミングが悪いかも』

その言葉に、メアリは表情を曇らせた。

「……戦争が始まるのね」

『セイタールがレイ王国に宣戦布告したらしい』

『第二王女が皇后の暗殺に関わったとかで……』

『本格的に侵略するつもりかも』

メアリは動揺のあまり目を伏せる。妹の死を知らされて、まったく胸が痛まないといえば嘘になるが、それよりも気がかりなのはアキレスのことだった。

彼が無事、皇太子の地位についたことは喜ばしいことなのに——おそらく戦争になれば、皇帝の息子として、彼も戦いに身を投じなければならなくなるだろう。

それに、

『どうしたの、メアリ』

『暗い顔をして』

『あんな国、滅びたってかまわないじゃない』

いいえ、いいえとメアリはかぶりを振る。

追放された身とはいえ、母国は母国。あの美しい国が——罪のない人々が、戦禍《せんか》に巻き込まれるのを、ただ黙って見過ごすことはできない。

——たとえ、今の私に何の力がなくても……

メアリは覚悟を決めて、精霊たちを見る。

「お願い、あなたたち。今すぐ私を、ノエ・セルジオス様のもとへ連れて行って」

◇

「これはこれは、王女殿下自らお越しくださるとは」

セイタールの王城の控えの間にて、突然目の前に現れたメアリを見ても、ノエは驚かなかった。

それどころか捜す手間が省けたと言って喜んでいる。けれどメアリはそれどころではなく、

「ノエ様、妹は確かに罪を犯しました。許されない罪を。ですが、王国の民に罪はありません」

呆気《あっけ》にとられているノエに、メアリは矢継ぎ早に続けた。

「妹の命で贖えないというのなら、私の命も差し上げます。ですからどうか——」

「お待ちください、メアリ王女。順を追って説明いたしますから、まずはお座りください」

穏やかな口調で椅子を勧められて、メアリは恥じ入るように頬を染めた。

言われるがままに腰を下ろすと、ノエは侍女を呼んでお茶の用意をさせた。

「あなた様のために良かれと思ってしたことが、かえって混乱を招いてしまったようで」

そう前置きして、ノエは話し出した。

レイ王国に対し、セイタール帝国は宣戦布告をし、開戦の準備をしているものの、それはあくまで見せかけにすぎないこと。

帝国側の条件さえ呑《の》めば、布告はただちに撤回され、和平が結ばれること。

「条件というのは？」

「メアリ王女の身分回復、および、貴女様の身柄を帝国に差し出すこと――アキレス皇太子殿下の婚約者として」

『うわー』

『にくいことするね』

『よかったね、メアリ』

すぐに事情を呑《の》み込めず、ぽかんとしていたメアリだったが、

「こんな私でよければ……」

喜びと申し訳なさのあまり、掠《かす》れるような声が出てしまう。

「このようなことを私が訊《たず》ねるのも差し出がましいのですが、メアリ様はアキレス殿下をどうお思いに？」

「私にはもったいないないほど、素敵な殿方ですわ」

気遣わしげなノエの質問に、メアリはすぐに答えたものの、

「ただ私のほうが、あの方と釣り合いが取れるか、心配はあります」

「それは直接、殿下に申し上げたほうがよろしいかと」

それもそうだと素直に頷《うなず》くメアリに、

「アキレス殿下は今、皇帝陛下と謁見《えっけん》の最中ですので」

と言い、ノエは何やら考え込むように腕組みした。

「どうせなら派手にお披露目したほうが……」

ぶつぶつと独りごとを言っている。

「いや、さすがに喪中はまずいか」

「あの、ノエ様？」

不安そうに声をかけられ、ノエはにっこりと笑うと、

「メアリ王女殿下には、このまま城に滞在していただくことになりますが、よろしいですかな」

森にある、可愛らしい畑や居心地の良い家のことが脳裏をかすめたが、

『大丈夫だよ、メアリ』

『野菜の世話は僕たちがやっとくよ』

『いつでも好きな時に戻れるから』

小声で「ありがとう」とつぶやき、メアリは微笑んで、ノエに頷《うなず》いてみせる。

「こちらこそ、よろしくお願いいたします」

「それでは殿下、これから色々と準備いたしますので、まずはお部屋に」

そのまま貴賓室へと案内されたメアリは、気づけば三人の小間使いたちに囲まれ、ノエが部屋を出て行くと同時に、衣服に手をかけられてしまう。

『やばっ、メアリがピンチだっ』

『服を脱がされてるよっ』

『馬鹿ね、単に身支度を手伝っているだけよ』

『身支度って？』

『なんで？』

『メアリは王女様に戻るの、ちゃんと人の話を聞きなさいよね』

精霊たちがやいやい言い争いをしているあいだにも、メアリは服を脱がされ、入浴させられ、セイタール風の豪華なドレスに着替えさせられていた。

「せっかくお美しい御髪をしておられるのに」

「なぜこのように短く……」

髪を梳《と》かしながら口々に嘆く彼女たちに、メアリが申し訳なく感じていると、

『だったら伸ばせばいい』

『だね』

『王女様に戻るんだから、長い髪は必要よね』

魔法の力であれよあれよという間に伸びていく髪に、小間使いたちは手を止め、「まあ」と呆気《あっけ》にとられている。

「ごめんなさい、精霊たちの仕業なの。すぐに止まると思うから」

メアリの言葉通り、ある程度の長さになると、ぴたりと止まる。

王国にいた頃のように、気味悪がられたりしないか心配だったのだが、彼女たちは悲鳴をあげるどころか、いっそう恭《うやうや》しい手つきで、メアリの髪の毛に触れた。

「あなたたち、私が怖くないの？」

思い切って訊《たず》ねたところ、彼女たちはきょとんとし、続いてにこやかに答える。

「まあ、怖いだなんて……とんでもない」

「精霊の愛し子であらせられる姫君にお仕えできて、光栄ですわ」

「セイタールでは精霊だけでなく、妖精の存在も信じられていますから」

「身の回りで、不可思議なことが起きるたびに……」

「私たちは言いますの。きっと妖精のいたずらよって」

お喋《しゃべ》りしながらも、彼女たちの手は休むことなく動いていて、感心してしまう。

『嘘じゃないよ、メアリ』

『セイタール人は信心深いから』

『ここなら、誰もメアリを変な目で見ないよ』

メアリは涙をこらえるために上を向くと、

「よければ、あなたたちの名前を教えてくれない？」

懸命に、小間使いたちの名前と顔を覚えようとするメアリに、彼女たちは手際よく髪型を整え、化粧を施し、最後に装飾品で髪と胸元に花を添えた。

「お綺麗ですわ、姫様」

「精霊のように可憐で、瞳の色は宝石のよう」

「アキレス殿下も、さぞお喜びでしょう」

「控えの間にて、ノエ・セルジオス様がお待ちです」

隣接する控えの間に行くと、ノエが立ち上がって礼をする。

「セイタールの正装姿も、よくお似合いで」

ありがとうございますと淑女《しゅくじょ》の礼をしつつ、気になっていたことを口にする。

「皇太子殿下は、私がここにいることをご存知ですか？」

「陛下にはお知らせしましたが、殿下のほうはまだです」

心配するメアリに、ノエはしれっと答える。

「私は、主人を驚かせるのが好きなもので」

『前から思ってたけど』

『こいつ、ちょっと性格があれだよね』

『でも、人間にしては面白いかも』

『えっ？』

『まさかお前……』

何やら頭上で精霊たちがもめているのが気になるが、今はそれどころではないと気を引き締める。

「謁見《えっけん》の間にて、陛下がお待ちです。参りましょうか」

まさかこれほど早く、皇帝陛下にお目通りできるとは思わなかったが、アキレスに会う前に、この国の統治者である彼の父親に挨拶するのは当然のことだ。

「はい」

小さく返事をして、ノエに連れられ、メアリはしずしずと歩き出した。

◆

その頃、謁見《えっけん》の間では、

「しかしアキレス、皇太子になったからといって、何もユワンの婚約者まで引き継ぐ必要はないのだぞ」

皇帝陛下の不思議そうな声に、アキレスは伏せていた顔を上げた。

「メアリ王女を我が国に迎えることは、皇后たっての希望でもあった。あれは精霊信仰にのめりこんでいたからな。それを実子であるユワンが退け、お前が叶えるとは、皮肉なことだ」

「陛下は反対なのですか？」

「反対はせんが、無難な選択だな。愛妾《あいしょう》でも囲うつもりか？」

「愛妾《あいしょう》など必要ありません」

アキレスはきっぱりと言い放つ。

皇帝は「ほう」と眉を上げる。

「だが子を成せぬ場合は……」

「弟のマルクスがおりますし、最悪、養子を迎えればよろしいかと」

皇帝は呆れたように口を開く。

「女たらしの放蕩《ほうとう》息子が聞いて呆れる」

「これが本来の私の姿です」

「……お前の母には悪いことをした」

珍しく後悔の念をにじませた皇帝の声に、アキレスははっとする。

「愛情深く、家庭的な女であったのに。ついぞ守れなかった」

――やはり、陛下はご存知なのだ。

表向き、妾妃《しょうひ》の死因は病死ということになっているが、皇后が毒を盛って殺したことは周知の事実だった。

しかし証拠は全て皇后と皇太子であったユアン派の貴族によって握り潰されてしまったため、表沙汰にはならなかったのだ。

「よもや余の口からお前に愛妾《あいしょう》を勧めるようなことはすまい」

それだけは約束しようと言われ、アキレスは複雑な気持ちで口を開く。

「陛下、陛下は無難な選択だとおっしゃいましたが、私にとっては違います」

無言で先を促され、続ける。

「私がメアリ王女に求めているのは、レイ王国の後ろ盾でも、精霊の加護でもありません」

「では何だ?」

「彼女自身です、陛下。好きな女に愛されたいと望むのは、男として当然のこと……」

その時だった。

アキレスの言葉を遮《さえぎ》るように扉が開き、衛兵の声がした。

「レイ王国第一王女メアリ・アン様、お越しになりました」

◆

謁見《えっけん》の間に入ったメアリは、驚くアキレスの姿を見つけ、歓喜しながらも、それを表に出すことはしなかった。

陛下の御前だからと、凛と背筋を伸ばし、儀礼的な挨拶を口にする。

かつてユワンの婚約者として、この国を訪れた際、皇帝とは一言、二言、言葉を交わしただけで——加えて、婚約者であるユワンよりも皇后と過ごす時間のほうが長かったため——まともに対面するのはこれが初めてかもしれない。

アキレスの婚約者としてのお披露目も兼ねているらしく、広間には、宰相閣下も含め、セイタールの名だたる貴族たちが一堂に会していた。

歩くたびに視線が絡み付いてくるのが分かって、メアリは内心、何度もノエに感謝していた。

いくら宮廷の作法が身についているとはいえ、さすがにあの身なりでは、この場を乗り切ることはできなかっただろう。

やや緊張を含んだ挨拶にも、皇帝は気分を害した様子はなく、メアリの姿をまじまじと見下ろして言った。

「レイ王国の姫君よ、そなたには精霊の血が流れているというが、真か？」

メアリは少し考えて、慎重に口を開いた。

「精霊たちにはそのように教えられましたが、私に実感はありません」

「だから証明は難しいと？」

質問の意図が分からず、困惑するメアリに皇帝は言う。

「余は始めから、レイ王国と同盟など結ぶつもりはなかった。しかし、かの王国を滅ぼせば、精霊の怒りを買うと、宰相や皇后に諫《いさ》められてな。やむを得ず、そなたを迎え入れることにしたのだが――」

皇帝の言葉に、背筋に冷たいものを感じながら、メアリは黙って話に耳を傾ける。

「果たして、精霊の怒りがどれほどのものなのか、興味があってな」

言いながら、ちらりとアキレスのほうを見ると、

「アキレス、試しに王女に斬りかかってみせよ」

常軌を逸した皇帝の命令に、アキレスは険しい表情を浮かべた。

しかし皇帝はかまわず、

「そなたができぬというのなら、他の者にやらせるまでだ」

「私がそれを黙って見過ごすとでも？」

珍しく反抗的なアキレスの態度に、皇帝は鼻を鳴らすと、

「皇太子から剣を奪い、拘束せよ」

衛兵らに命じた。

「ユワンと違い、こやつは腕が立つぞ。心してかかれよ」

あまりの展開についていけず、一人取り残されていたメアリだったが、

——アキレス様が、自国の兵に剣を向けられている？


自分のせいで、アキレスが窮地に立たされているということだけは分かった。

「おやめくださいっ、陛下っ」

命を賭《と》して、メアリはアキレスの前に立つ。

「妹のしでかしたことで、罰を受けるべきは私です。殿下は関係ありません」

彼のためなら、この身がどうなろうとかまわない。

そんなメアリを、アキレスはかばうように背に隠した。

一方で精霊たちは、

『メアリが危ない』

『剣を向けられてる』

『守らなきゃ』

女王の血族に危険が迫っていると認識した彼らの行動は早かった。

たちまち、メアリの周囲に黒い靄《もや》のようなものが発生し、人の形を成していく。

「これは――」

「なぜこんなところにっ」

【魔の森】の怪物っ」

徐々に増えていく怪物の姿に、広間は騒然となる。

魔物たちは唸《うな》り声をあげて、衛兵らを威嚇《いかく》していた。

「静まれっ」

一触即発の状況下でも、皇帝は冷静だった。

鋭い鉤爪を持つ化物を前にしても、顔色一つ変えず、立ち上がって命じる。

「剣を引けっ、茶番は終わりだっ」

衛兵たちが剣を鞘《さや》に収めると同時に、メアリも叫んでいた。

「お願い、この場にいる人たちを傷つけないでっ」

その瞬間に靄《もや》は消え、辺りは静寂に包まれる。しばらくは、誰も口のきける状態ではなかった。

ある者は冷や汗を流してその場にへたりこみ、ある者は放心状態に陥《おちい》っていた。

そしてその場にいたほぼ全員が、王女に対し、尊敬と畏怖《いふ》の眼差しを向けた。

やがて、皇帝の盛大な笑い声が沈黙を破った。

「素晴らしい娘を手に入れた。そなたを誇りに思うぞ、アキレス、我が息子よ」

ようやく皇帝の意図を理解したアキレスは、怒りを押し殺したような顔で皇帝の前に立つと、その場にいる貴族たちに向かって声高に言い放つ。

「全員、先ほどの光景をしっかり目に焼き付けておけっ。精霊付きの王女に手を出せば、どのような報いを受けるのかっ」

◆

「まあ早い話が、反皇帝派貴族に対する牽制ですかね」

その後、アキレスに詰め寄られたノエが、降参のポーズをとりながら白状した。

「王侯貴族に謀殺だの暗殺だのは付きものですから。陛下とて、二度もお世継ぎを失うのは避けたいでしょうし。アキレス皇太子殿下とメアリ王女殿下、お二人の絆を試された上で、精霊の加護がいかに凄まじいものかを知らしめる良い機会かと」

魔法による技術が衰退しつつあるセイタールでは、昨今、ユワンや取り巻きの貴族たちのように、精霊の存在を否定し、現実主義者を気取る若者たちが増えている。

「しかし今回の一件で、彼らも目が覚めたでしょう」

「俺が皇后派の貴族にやられるとでも？」

「殿下はお強い。その上、私という有能な側近もいる。しかし油断は禁物です」

「メアリは俺の弱点にはならない」

「そう、むしろ強みになります。未来の皇太子妃殿下に取り入ろうとする者、あるいは足をすくおうとする者が、これから嫌というほど出てくるでしょう。ですから前もって……」

それは分かっていると、アキレスは頷《うなず》く。

「だが、なぜ俺やメアリに黙っていた？」

「嫌だなあ、殿下。敵を騙《だま》すにはまず味方からというじゃありませんか――いてっ」

殴られた頬を押さえながら、ノエは言った。

「八つ当たりはそのぐらいにして、さっさと行ってください。隣室で、メアリ王女がお待ちですよ」

◆

その頃、隣室では、メアリが落ち着きを失い、室内を行ったり来たりしていた。

「ああ、どうしましょう。私、完全にアキレス様のお荷物だわ」

そもそも、なぜあのような事態に陥《おちい》ったのか――メアリはあらためて考えてみた。

妹が罪を犯したことで王家の信頼は地に堕ちたも同然だ。そのせいで、セイタールの貴族たちに睨《にら》まれているのも理解できる。

――けれどアキレス様は、こんな私でもかばってくださった……

彼の毅然とした態度を思い出して、メアリは「きゃー」と両手で顔を覆った。

皇后の喪中に不謹慎だとは思いつつも、今さらながら、アキレスに愛されているのだと実感し、居ても立ってもいられなくなる。

そこでふと我に返り、

――いやだわ、私ったら。


危うく、ここに来た目的を忘れるところだった。

慌てて、手製のハンカチと焼き菓子の入った籠《かご》を探すと、

『ここにあるよ、メアリ』

『盗み食いされないよう、ちゃんと見張っておいたから――もぐもぐ』

『って、あんたが食べてるじゃないのっ』

「いいのよ、焼き菓子はまた作ればいいんだから」

喧嘩《けんか》を始めた精霊たちの仲裁をしつつ、包装したハンカチを手に、メアリは呼吸を整える。ノエが先ほどアキレスを呼びに行ってくれたので、もうまもなく会えるはずだ。

『ついに来たね、この時が』

『メアリならやれるよ』

『ちょっと、あんまりメアリにプレッシャーかけないの』

再び落ち着きを失い、うろうろし始めたメアリの耳に扉の開く音がした。

見れば、決まり悪そうな顔をしたアキレスがこちらに向かってくるところだった。

「メアリ……その」

彼の姿を見た瞬間、メアリの頭の中は真っ白になった。

淑女《しゅくじょ》としての振る舞いも、言うべき言葉も、全て忘れて、ふらふらとアキレスの元へ歩いていく。

――会いたかったたっ。

込み上げてくる熱い感情に突き動かれるように、自分から彼の胸に飛び込んでいく。

服越しに彼の体温を感じて、目頭が熱くなった。

あまりのことに驚き、呆然《ぼうぜん》としていたアキレスだったが、よほど先ほどの出来事がこたえたのだろうと、優しく彼女を抱きとめた。

「もう大丈夫だ。いくら陛下とはいえ、あのような真似は二度とさせない」

力強い言葉で言う。


――アキレス様が、こんなに近くに……


今さらながら羞恥心が込み上げてきて、メアリはかすかに身震いした。

まだ怯えていると思ったのだろう。

アキレスは幼子をあやすような手つきでメアリの背中を撫《な》で、長くなった髪を梳《す》く。

「俺がそばにいる。だから安心しろ」

低い声で囁《ささや》くように言われ、耳の先が甘く痺れる。

そこで、はたと我に返り、メアリは真っ青になった。


――なんてこと、アキレス様はお淑やかな女性がお好みなのに。


はしたない女だと思われないよう、身体を離して背を向けると、

「どうした？」

今度はアキレスのほうが不安そうな表情を浮かべる。

「何か気に障ったか？」

「……いいえ、そんなこと」

頬に手を当ててもじもじするメアリに、

『あー、じれったいっ』

『イライラするぅ』

『だったら見なければいいでしょ』

『いや、そういうわけにも……』

『気になるしね』

『そうだ、メアリ。プレゼントを渡さなきゃ』

精霊の言葉にはっとして、メアリはあらためてアキレスに向き直ると、

「よろしければお受け取りください」

こわごわそれを差し出した。

「俺に？」

「ええ、心を込めて縫いましたの」

櫛《くし》のお礼だというと、アキレスは嬉しそうに笑う。

その笑顔を見て、自然と言葉が口から溢れ出ていた。

「心より、お慕い申し上げております」

小声だったせいで、咄嗟《とっさ》に言葉の意味が理解できなかったらしく、「ん？」と聞き返されて、メアリは再びもじもじしてしまう。

けれど、このままではダメだと思い、メアリは表情を引き締めて背筋を伸ばすと、

「アキレス様、私、貴方様のことを、心よりおひたいもうひ……」

大事なところで噛んでしまった。

『メアリ、しっかりっ』

『見た目以上にテンパってるね』

『恥ずかしいのは分かるけど、逃げちゃダメよ』

真っ赤な顔で恥ずかしさをこらえるメアリに、アキレスは何を思ったのか、「申し訳ない」と謝罪する。

「本来なら、あなたにお越しいただく前に、俺が迎えに行くはずだったのだが」

「まあ、そんなこと……」

「俺はずるい男だ」

言いながら、さりげなく左手をとられて、メアリは瞬きする。

「人の世は残酷で醜い。優しいあなたには、森での暮らしが合っているのだろう――けれど俺は、どうしてもあなたのことが欲しかった。俺のそばにいて欲しかった」

だからあなたの優しさにつけ込んだのだと、アキレスは苦笑交じりに白状する。

「このような状況にあなたを追い込んだのは俺だ。恨むなら、恨んでくれてかまわない」

「ここに来たのは、私の意思です」

メアリはきっぱりと返した。

「アキレス様に、もう一度お会いしたかったから。会って、お伝えしたいことがあったから」

お慕い申し上げておりますと、今度こそはっきりと口にする。

「私はもう、あなたのものですわ」

◆

それからは、言葉は必要なかった。

強く抱きしめられ、口づけされて——これまで、婚約者であるユワンに指一本すら触れられたことがなく、修道女のような生活を送ってきたメアリにとっては、刺激が強すぎたのだろう——まもなく、息も絶え絶えな状態で、アキレスの腕の中でぐったりとしてしまう。

これに慌てたアキレスは、慌てて彼女を抱き上げると、そっと長椅子に横たえた。

「俺としたことが、申し訳ない」

「……い、いいえ。わ、私のほうこそ——」

気づけば精霊たちの姿は消えていて、いっそういたたまれない思いをしてしまう。

――恥ずかしい。

けれど同時に嬉しくもある。

「できればすぐにでも結婚したいが、時期が時期だけに、それも難しいらしい」

喪が明けてからの成婚となるので、最低でも一年は待たなければならないとのこと。

本来であれば、婚約期間中に皇太子妃としての教育を受けることになるのだが、メアリの場合は既に済んでいるため、「あなたの好きなように過ごしてくれてかまわない」とアキレスは寛容だった。

「護衛をつけることも考えたのだが……」

『必要ない』

『メアリには僕たちがいるし』

『むしろ邪魔になるって断って』

再び姿を現した精霊たちに、メアリはくすりと笑うと、

「必要ありませんわ」

「だろうな。しかし、身の回りの世話をする者たちは必要だろう。小間使いならばいくらでもいるが、侍女はどうする？　皇太子妃付きとなると、貴族の娘が適任だろうが……あなたの希望もある

だろうし」

おそらく、メアリが望めば、気心の知れた自国の侍女を連れてきてもかまわないと、アキレスは言っているのだろう。

けれど、かつて自分に仕えてくれた侍女たちはみな既婚者であるし、家族と引き離すのは心苦しい。

それに、

——彼女たちは皆、私のことを気味悪がっていた……


とはいえ、侍女も必要ないと言えば、アキレスを困らせるだけである。

どうしたものかと頭を悩ませていると、

『メアリが悩んでるよ』

『さすがに侍女は必要だもんね』

『ねぇ、私にいい考えがあるんだけど』

『何だよ』

『なんかいやな予感するんだけど』

『私が人間に化けて、メアリの侍女になるっていうのはどう？』

『はいボツっ』
『無理だね』
『そんなことないわよっ』
女の子の精霊は強く反発した。
『あんたたちなんかより、私のほうがよっほど人間に詳しいんだからっ』
『メアリはどう思う？』
『やめたほうがいいよね』
しかしメアリはきらきら瞳を輝かせると、両手を組んで言った。
「お願いできるかしら？」
『ほら、メアリもこう言ってることだし』
『……あちゃー』
『まあ、いいんじゃない？　好きにやれば』
『メアリ、ちょっと待っててね。化ける前に色々勉強してくるからっ』
これで侍女の件は解決したとアキレスに伝えると、
「これはひと騒動起きそうだな」
眉間に皺《しわ》を寄せて、ぼそりとつぶやく。
「何かおっしゃいましまして？」

いやとアキレスはかぶりを振ると、メアリの足元に片膝《ひざ》をついた。

恭《うやうや》しくメアリの手をとり、左手の薬指にそっと指輪をはめる。

「あなたの好きに過ごしてくれてかまわないとは言ったが、できる限り、俺と過ごす時間を作ってくれると、ありがたい」

それは自分の台詞だと即座に言い返す。

一度目はお礼の品として受け取ったものが、二度目は愛の証《あかし》として戻ってくるなんて。

メアリはためつすがめつ指輪を眺めると、幸福のあまり、涙を流した。

番外編① 精霊の侍女は宰相補佐に外堀を埋められる

昔々あるところに、それはそれは美しい精霊のお姫様がおりました。

ある時、魔法で人間の姿に化けたお姫様は、外の世界で心優しい青年に出会い、恋に落ちます。

青年もまたひと目で美しい女性に恋をし、二人は結ばれました。

しかし、精霊と人が交わることは、精霊界では禁忌《きんき》とされており、お姫様はまもなく、精霊の国を追放され、魔力を奪われてしまうのでした。

◆

『人間に恋をするなんて馬鹿げてる』

『僕らより短命だしね』

『人間世界は争いばかりで』

『いいことなんて何もない』

仲間たちの言う通りだと、樹木の精霊である「わたし」は思った。

人間に恋をするなんて、愚《おろ》か者のすることだと。

現に、人間に恋をしたお姫様は、幸福な一生を送れなかった。彼女の美貌に目をつけた人間の王様にさらわれ、強引に妻にされて、絶望のあまり自ら命を絶ったのだ。


——わたしは絶対に、人間を好きになんてならない。


そう、心に決めていたはずなのに、どうして、こうなってしまったのか……

「愛しています、私のアルガ」

わたしの前で片膝《ひざ》をつき、わたしの手をとって、優しい顔立ちをした男は言った。

彼の名はノエ・セルジオス——帝国の宰相を父に持つ侯爵家の嫡男で、アキレス皇子の側近。

「今日からあなたは、私の婚約者です」

◆

「まあ、なんて可愛らしいの」
人間に化けた——正確には、人間の姿になって、侍女の格好をした「わたし」を見て、メアリは言った。

そんなに目をきらきらさせて、可愛らしいのはそっちでしょ、と言い返したい気持ちをぐっとこらえて、わたしは女主人の前に立っていた。

メアリこと、レイ王国第一王女メアリ・アンは、精霊の血を引くお姫様だ。

艶々《つやつや》の黒髪に淡い緑色の瞳をした、綺麗な女の子。

ちんちくりんで、その上目つきだけはやたらとキツいわたしとは大違い。

メアリは子猫みたいで可愛いって言ってくれたけれど、悲しいかな彼女は少し天然さんなので、信用はできない。

そもそも、わたしは人ではない。

普段は人の目には映らない、小さな生き物——樹木の精霊だ。

今は人間の姿に化けているので見た目は十八歳くらいだが、実際は百年以上生きている。

精霊は自然を住処《すみか》とし、縄張り意識の強い種族。普段は森にいて、めったに人前には姿を現さないのだけれど、今回だけは特別。なぜならメアリのそばにいたいから。

メアリは人間世界の王女でありながら、精霊の女王の血も引いている。

わたしたち精霊にとって、女王の存在は絶対だ。女王の望みを叶え、その身を守ることは、わたしたち精霊の使命であり、本能でもある。

だから金魚のフンみたく、生まれた時からメアリにつきまとっているわけだけど。

メアリは嫌がるどころか、とても喜んでくれている。

この度、紆余曲折《うよきょくせつ》を経て、軍事大国セイタールの第二皇子アキレス・クラウディウスと婚約した彼女は、未来の皇太子妃として皇城に移り住むことになり、侍女を必要としていた。

それでわたしが名乗り出たわけだが、

「あなたのこと、これからなんて呼べばいいかしら？」

「わたしはメアリの侍女なんだから、侍女って呼ぶのはダメなの？」

いつもの口調で聞き返すと、メアリは困ったように手を頬に当てた。

ついでに仲間の精霊たちにもダメ出しされる。

『今は誰もいないからいいけど』

『さすがにその言葉遣いはまずいよね』

『フランクすぎる』

『メアリが馬鹿にされちゃうよ』

そうだった。郷に入っては郷に従え。

人間世界では、侍女は主人に対し、このような物の言い方はしない。

わたしは慌てて言い直した。

「わたくしに名前はないので、好きに呼んでくださってかまいません、メアリ……王女殿下」

「本当にいいの？　私があなたに名前をつけてしまったら……」

『主従関係を結ぶことになる』

『けれど元から僕ら、メアリの下僕みたいなもんだし？』

その通りだ、とわたしも同意して口を開く。

「だからメアリ、わたしに名前をちょうだい」

「私は一度だって、あなたたちのことをそんな風に思ったことはないわ」

珍しく怒るメアリをなんとか説得して、名前をつけてもらった。

「だったら……あなたは樹木の精霊だから、アルガはどうかしら？」

レイ王国の古い言葉で葉っぱを意味するらしい。

さすがはメアリ。

響きが気に入ったので、わたしは笑顔で頷《うなず》いた。

今日からわたしはメアリの侍女、アルガだ。

◆

時を遡《さかのぼ》ること数日前。

帝都にある侯爵邸、その執務室にて、

「いい加減、お前の婚約者を決めようと思うのだが――」

侯爵家の当主であり、現宰相でもある父に呼び出されたノエ・セルジオスはきっぱりと答えた。

「必要ありません」

結婚話を持ち出すたびに、決まって同じ返答をする一人息子に、侯爵は苦い表情を浮かべる。

身内の欲目抜きで、息子は優秀な男だ。

幼い頃は家庭教師らに神童と呼ばれ、その知略を以て軍に貢献し、兵役義務を終えたのちは帝都に戻り、宰相補佐として仕事に従事している、有能な皇子の側近であり、次期宰相と目された若き逸材。辛辣《しんらつ》な物言いに反して優しげな風貌をしており、剣の腕も申し分ない。

ゆえにあまたの見合いの打診がきているのだが、

「今年で二十一になる男の返答とは思えんな」

当の本人はどこ吹く風で、ため息が出てしまう。

「必要ありません」

「そうはいっても世間体というものが――」

「必要ありません」

「ええいっ、人の話は最後まで聞けっ」

業を煮やして、声を荒《あら》らげる。

「老い先短い父親に、可愛い孫を抱かせてやろうとは思わんのかっ」

「やっと本音が出ましたね」

薄ら笑いを浮かべる息子に、内心しまったと思いつつも侯爵は続ける。

「私はお前に幸せになってもらいたいのだ」

「政略結婚に幸せもクソも——おっと失礼——ないと思いますが」

「なんだ、お前。もしや懸想《けそう》しているご令嬢でもいるのか？」

「いいえ、私は現在、アキレス殿下一筋ですので」

「誤解を招くような言い方をするな」

お前が言うと冗談に聞こえんと、侯爵は苦虫を噛み潰したような顔をする。

それから「ごほん、えほんっ」と咳払いすると、

「ちなみに、どのような女が好みなのだ？」

「父上も必死ですね」

「よもや女嫌いではあるまいな？」

「というより、人間に興味がないので」

あっけらかんとした息子の言葉に、侯爵は呆れたように言い返す。

「お前も人間だろうが」

「悲しいかな、そうですね」

「アキレス殿下もそうだ」

「あの方は別格です。命の恩人なので」

「だから第一皇子ではなく、第二皇子側についたと？」

アキレスの側近になったのは、純粋に彼に忠誠を誓っているからだとノエは答える。

「父上も殿下のご評判はお聞きでしょう？　思慮深く、勇猛果敢なお方ですよ。それにご自身が妾《しょう》腹《ふく》の子であるという負い目があるからか、部下に寛容で、人望も厚い。血筋だけが自慢の、愚鈍《ぐどん》で軟弱な第一皇子とは大違いだ。ですからユワン皇子が廃嫡されたのは、当然の結果かと」

「驕りがすぎるぞ、ノエ・セルジオス」

軽く叱責《しっせき》したあとで、

「だが、傀儡《かいらい》にするならば第一皇子のほうが適している」

「独裁政治にも興味ありません」

やれやれというように侯爵は肩の力を抜いた。

「このまま独身を貫けば、宮廷でよからぬ噂が立つぞ」

もう既に流れていますと、ノエはけろりとした顔で言った。

「なんでも、私はアキレス殿下に道ならぬ恋をしているとか」

「……お前はそれでいいのか？」

「事実ではないので、痛くも痒くもありません」

はあ、と侯爵は頭を抱えて盛大にため息をつく。

「だが、お前の評判は私の評判にも関わる。捨ておけん」

「と、いいますと？」

「この際、相手の身分は問わん。とりあえず女を作れ」

「それは当主としてのご命令ですか？」

「命令だ。人外だろうと人妻だろうとかまわん」

「さすがに人妻はまずいでしょう」

どこまでも冷静な息子の態度に、侯爵は歯ぎしりする。

優秀すぎるがゆえに、息子を甘やかし、好き勝手させてきたツケが、今になって回ってきたのかもしれない。

ここは心を鬼にしなければ――でなければこの先一生、孫を抱かせてもらえないと、侯爵は厳しい声で再度命じた。

「いざとなればわしの権力でどうとでもなる」

「略奪婚は望みません」

「お前の好き嫌いなど、初めからどうでもよいわっ」

必死すぎて息子がドン引きしていることにも気づかず、

「何度も言わせるな、これは命令だ」

侯爵は重々しい口調で締めくくる。

「……ちっ」

「今の舌打ちは何だ」

「舌打ちなどしておりません。気のせいです」

では、と頭を下げ、ノエは執務室をあとにした。

◆

アルガと名付けられたわたしは張り切っていた。

メアリの身の回りのお世話——食事の給仕やお茶の支度、着付けの手伝いなど——は、主に小間使いたちがやってくれているものの、わたしの侍女としての役割は、主人の話し相手になることと、衣類や服飾品の選択、及び管理らしい。

そして何処へ行くにも主人のお供をすること。

たまに社交行事に同行することもあるという。

これまでやってきたこととたいして変わらないと思いつつも、セイタールの宮廷ファッション事情に関してだけはお手上げで、美しい小間使いたちに協力を仰いだ。

宮廷作法については、メアリが教師役を買って出てくれて、熱心に指導してくれたおかげで、今では完璧に身についている。

メアリのそばにいて、彼女の望みを叶えること、彼女を喜ばせることが、わたしにとっての喜び

だ。けれどたまに、やりすぎてしまうこともあって、

「まあ、アルガ様」

「これは一体……」

部屋に入ってきた小間使いたちが困惑しているのを見て、わたしはまたやらかしてしまったようだと肩を落とした。

「ごめんなさい。だってメアリ……王女殿下は、植物がお好きだから」

『だからって、何も部屋中に花を咲かせることはないよね』

『低木まで生えてるし』

ほんの少し魔法を使っただけなのに、室内の壁という壁は蔦《つた》で覆われ、あちこちで大輪の花を咲かせている。

まもなく晩餐《ばんさん》用のドレスに着替えたメアリが更衣室から姿を現すと、室内を見回して「まあ」と感嘆の声をあげた。

「内装を変えたのね。素敵だわ」

叱られるどころか感謝されて、わたしはほっと胸を撫《な》で下ろした。

「こっちも見てください。殿下のお好きなカボチャもあるんですよ。可愛いでしょ？」

「ええ、とっても」

にこにこと嬉しそうに微笑んでくれる。

優しいメアリ。大好きだ。

「アキレス皇太子殿下がお越しです」

皇帝主催の晩餐会《ばんさん》に出席するために、皇子が迎えに来ると、メアリはそれはそれは嬉しそうな顔をした。

頬を赤らめて、はにかむように笑う。皇子と一緒にいる時のメアリは、本当に幸せそうで、見ているわたしまで嬉しくなる。

それに、とても綺麗だ。

「これは一体……」

「アルガの魔法ですわ。以前、お話ししましたでしょう？」

植物で埋め尽くされた室内を見、アキレス皇子は唖然としていた。

皇子が何か言う前に、その後ろから声が聞こえる。

「それが例の、人間に化けた精霊ですか」

皇子の側近である、ノエ・セルジオス卿だ。

辛辣《しんらつ》な策略家で、人間にしては面白いタイプだと思っているけれど、さすがに「それ」扱いされて、むっとしてしまう。

「アルガと申します」

とりあえずメアリに教えられた通り、貴族に対する礼はしたものの、不満が顔に出ていたのだろう。

「私の言い方が気に障ったのなら謝ります」

どこか面白がるような口調で言われて、

「結構です、口先だけの謝罪なんて聞きたくありませんから」

ぴしゃりと言い返す。

「アルガったら」

視界の端で、はらはらしているメアリに気づいて、慌てて口元を押さえた。

精霊とはいえ、今のわたしはただの侍女。

主人であるメアリを困らせるわけにはいかないと、「申し訳ありません」と謝罪を口にする。

「なぜあなたが謝るのですか？」

「メアリ王女殿下が困っておられるようなので」

そこでプッと噴き出されて、わたしは頬を膨《ふく》らませた。

「何がおかしいのですか」

「いえ、つまり私に対する謝罪ではなく、殿下に対する謝罪なのですね」

「あなたに謝ることなど何一つありません」

「アルガっ」

たしなめるようにメアリに呼ばれて、わたしは口をつぐんだ。

さらに言えば、なぜメアリがそんなに慌てているのかも、よく分からない。

「メアリ、そろそろ時間だ。行こう」

興味深そうに私たちのやりとりを眺めていた皇子が、懐中時計を確認しつつ、口を開いた。

「ノエ、お前は来ないのか？」

「私は体調不良のため欠席しますと、陛下にお伝えください」

アキレス皇子はちらりと気の毒そうな視線をわたしに向けると、メアリを連れて行ってしまった。

「体調不良なんて嘘ですよね？」

いつの間にか、小間使いの女性たちの姿も消えていて、部屋にいるのはわたしたち二人だけになっている。

「ええ、嘘です」

「なぜ嘘をついたのですか？」

「ここにいるほうが有意義な時間を過ごせると思ったからです」

精霊に人間の嘘は通用しない。そのことを、ノエ・セルジオス卿も分かっているのだろう。

「あなたも植物がお好きなんですか？」

「植物よりも、あなたに興味があります、アルガ」

嘘はついていないと分かったものの、やや前のめりな姿勢に戸惑ってしまう。

「わたし個人というより、精霊に興味があるのでしょう？」

「まあ、端的に言えば……あなたの瞳はとても綺麗な緑色をしているのですね」

「王女殿下も同じ緑色をしておられるわ」

それこそが精霊であるという——魔力を有する者の証《あかし》だから。

「しかし、あなたのほうが濃い」

「殿下は半分、人間ですから」

「私はあなたの瞳の色のほうが好きです」

これは褒められているのかなと首を傾げつつ、「ありがとうございます」とお礼を言う。

精霊は外見に頓着しないので、なんだか変な気持ち。妙にくすぐったい。

「ちなみに、あなたは普段、何を考えているのですか」

それはもちろん、精霊の女王陛下とメアリのことだと、わたしは胸を張って答えた。

「それ以外では？」

「私たちの森のこと、草木や花々のこと……」

「それ以外では？」

「それ以外に、考えることがありますか？」

きょとんとして問い返すが、ノエ・セルジオス卿は答えず、熱心にわたしを見ていた。

というより「観察している」という表現のほうが正しいのかもしれない。

「では、私たち人間を見てどう思われますか？」

「どうって？」

「自分たちのほうが、遥《はる》かに優れた種族だとは思わないのですか？」

「考えたこともありません」

正直に答えると、なぜか驚いた顔をされてしまう。

「ですがあなたがた精霊は、人間より長寿で、魔法が使える。何より、容易く姿を消すことができる」

この人は一体、何が言いたいのだろう。

少し考えて、わたしは口を開いた。

「もしかして、あなたは羨ましいのですか、わたしたちのことが」

「私が？　まさかっ」

ありえないと鼻で笑っているものの、すぐに嘘だと分かった。

けれどそれを指摘することははばかられて、わたしは苦笑いを浮かべる。

「……って、精霊相手に虚勢を張っても仕方ないですね。はい、羨ましいです」

彼は素直に認めると、笑って言った。

「この国の貴族社会では、どちらかといえば、私は羨ましがられる側の人間なんですけどね」

思わず「ふーん」と気のない返事をしてしまう。

「馬鹿にしてます？」

いいえと首を横に振ると、

「単に興味がないだけです」

「人間に？　それとも私に？」

どっちもだと答えると、ノエ・セルジオス卿は怒ることなく、愉快そうに目を細めた。

「その反応、いいですね」

「……いいんですか？」

「ええ、とても新鮮です」

『普通の人間なら怒りそうなもんなのにね』

『こいつが変わってるんだよ』

確かに、とわたしも頷《うなず》く。

「そこに、何かいるのですか？」

わたしの視線の先をたどるように、ノエ・セルジオス卿は言った。

「はい、わたしの仲間たちが」

「他の方々は、あなたのように人の姿をとらないのですね」

「侍女は一人で十分だと殿下がおっしゃったので」

ノエ・セルジオス卿は好奇心旺盛《おうせい》な方らしく、わたしを質問攻めにした。

少し面倒だなとは思いつつも、嫌な気分ではなかった。

レイ王国の初代国王が亡くなって以降、人間との交流は途絶えて久しい。

ともあれ、わたしたちの存在を秘密にする理由は何もない。

おそらくメアリの存在が、新たな架け橋になるはずだとわたしは密かに願っていた。

精霊と人間が、互いの境界線を侵さず、うまく共存できるよう。

気づけば話し込んでいたらしく、いつの間にかメアリが戻ってきていた。

何やら不思議そうな表情で、わたしとノエ・セルジオス卿を交互に見ている。

一方のノエ・セルジオス卿はまだそのことに気づいていないのか、相変わらず前のめりな姿勢で、わたしに話しかけていた。

この人、話に夢中になると周りが見えなくなるんだわ――わたしは知らず知らずのうちに微笑んでしまう。

すると、ノエ・セルジオス卿は凍りついたように固まってしまった。

驚いたような表情を浮かべて、わたしを凝視している。

かと思ったら、なぜかわたしの頬に触れて……

「おい、そこまでだ」

メアリをエスコートしていた皇子がつかつかと中に入ってきて、慌てたようにノエ・セルジオス卿をわたしから引き離した。

「……殿下、いつからそこに？」

「ずいぶん前からいたぞ」

皇子は呆れたように言う。

「お前こそどうした、ほうけた顔なんぞして。らしくない」

◆

『……まずいな』

『まずいね』

『アルガが目をつけられた』

『あの厄介《やっかい》な人間に』

『メアリは気づいていないみたいだけど』

『気づいたら気づいたで喜びそう』

『……怖いね』

『怖いな』

『どうする？』

『手を打とう』

『具体的には？』

『ごにょごにょ……』

『フンフン、分かった。その作戦でいこう』

◆

「なるほど、だからメアリ王女の母君は――前王妃は精霊でありながら魔法が使えなかったわけですね」

「人間になることの代償です」

ノエ・セルジオス卿のカップにお茶を注ぎながら、わたしは答えた。

――この人、最近毎日のようにメアリの部屋に来るけど。

しかもなぜか、メアリが大切な用事ではずせない時、もしくは不在時を狙ったように現れる。

そしてメアリが戻るまで、わたしに相手をして欲しいと頼むのだ。

それも侍女の仕事のうちだと。

「あなたはどうお考えなのですか？　人間に恋をした姫君のことを」

「以前のわたしであれば、ありえないと思ったでしょう」

「では今のあなたは？」

「……メアリという新たな主人を与えてくださった姫様に、感謝しています」

隠すようなことではないので、正直に答えると、

「あなたは本当に王女殿下のことしか頭にないのですね」

感心したように言われて、「あなたもでしょう」と言い返す。

「皇太子殿下のことを第一に考えていらっしゃる」

「私たちは似た者同士ですね」

「そうかもしれません」

「かなり前の話になりますが、以前交際していた女性に、『あなたは私とアキレス皇子、どちらが大事なの』と詰め寄られたことがあります。私は迷わずアキレス殿下だと答えました」

直後に頬を打たれ、水をかけられたと聞いて、わたしは彼に同情した。

「それは災難でしたね」

「あなたならどう答えますか？」

「わたしは皇太子殿下にもその方にも関心はありません」

「仮の話ですよ」

「わたしが何よりも優先すべき事柄は三つです。第一に女王陛下のご命令を遂行《すいこう》し、その御身をお守りすること、第二にメアリ王女殿下のご命令を遂行《すいこう》し、その御身をお守りすること。第三に【精

霊の森】から人間を排除し、わたしたちの住処《すみか》を守ること」

「優先順位まで決まっているのですね」

当然だと頷《うなず》くと、ノエ・セルジオス卿は楽しげな笑みを浮かべる。

「四つ目は？」

「ありません」

「ではその四つ目に、私を入れていただくことは可能ですか？」

質問の意図が分からず、首を傾げると、

「私はあなたのことを好ましく思っています」

「……好ましい？」

それはつまり――

まさかと思いつつも、わたしはこわごわ訊《たず》ねた。

「あなた、私のことが好きなんですか？」

「はい、とても」

嘘ではなく、心からの言葉だった。

だからといって動じる必要はなく、「ありがとうございます」と言って受け流せばいいのだけど、

――なんで胸がどきどきするの。

長く人間の姿になっていると、心まで人間のそれになってしまうのだろうか。

アキレス皇子に愛を告げられ、うっとりしていたメアリの顔を思い出して、わたしはいっそう動揺してしまう。

まともにノエ・セルジオス卿の顔が見られず、視線を右に左に動かしていると、

「アルガ、迷惑であればはっきりと言ってください。潔く身を引きますから」

ううっ、と言葉に詰まるわたしに、何を思ったのか、ノエ・セルジオス卿は瞳を輝かせた。

「今ここで拒絶しないのであれば、都合よく解釈しますよ」

いつの間にか、すぐそばまで近づいてきた彼に、抱きしめられそうになる。

その時だった。

『緊急事態だっ』

『作戦を決行するっ』

仲間たちに魔法をかけられて、気がつくと、

「アルガ？」

わたしはノエ・セルジオス卿の腕の中にいた。

ただし人間の姿ではなく、木製の人形の姿で。

なんてことをしてくれたのだと、心の中で仲間たちに抗議すると、

『人間の恋なんて、ぼっと燃えて』

『あっという間に冷める』

『しばらくその姿でいればいいよ』

『こいつの目が覚めるまで』

確かに、仲間たちの言うこともっともだと感じた。

わたしがたまたま、彼と同じ人間の姿をしていたから、精霊への好奇心を、恋だと錯覚してしまったのだろう。

わたしが人の姿でなくなれば、きっと彼も、そのことに気づくはず。

しかし彼は――ノエ・セルジオス卿は、ただの人間ではなかった。

「なるほど、私の気持ちを試しているのですね」

彼は瞬時に状況を理解すると、真剣な声で言った。

「あなたがどのような姿をしていようと、私はかまいません。私はあなたの、主君と自国を一心に思う心根に惹《ひ》かれたのですから。それにあなたは、他の精霊たちとは違って、自ら人間の前に姿を現してくれた。交流を持とうとしてくれた。私にとってはかけがえのない存在です」

人間の姿をしていた時と同じように、わたしに話しかけてきた。

傍から見たらものすごく間抜けな光景だけど、わたしは彼の、愛の告白ともとれる言葉にひどく心を動かされた。そしてわたし自身、彼の言葉だけでなく彼自身にも惹《ひ》かれている――そのことに気づかされて、自分でも驚くほど動揺していた。

——精霊の姿なんて、まったく見えていないくせに。

目に見えないものの存在を信じ、あまつさえ、それを愛するなんて——なんだか宗教じみているし、正気とは思えない。

普通の精霊なら、気味悪がって逃げ出してしまうだろう。

——なら、わたしは普通じゃないのかも。

似た者同士、というノエの言葉を思い出して、妙にくすぐったい気持ちになる。

「アルガ、あなたに今すぐ会っていただきたい人がいるのですが」

◇

そう言って、連れてこられたのはなぜか宰相の執務室で、

「父上、好きな女性ができました」

そう言って、大真面目な顔でわたしを――木製の人形を侯爵に紹介する。

宰相である侯爵はちらりとわたしを見ると、息子に視線を戻し、

「ついに頭をやられたか」

やれやれといったようにため息をついた。

「いいえ、私の頭は正常に機能しています、父上」

「私にはただの人型の木片にしか見えないが」

「そもそも彼女は人間ではありませんので」

たまらなくなって、わたしは自身の魔法を使い、人の姿に戻った。

侯爵は驚いたように立ち上がると、わたしが口を開く前に、

「なんと、この娘は緑色の瞳をしているではないかっ」

声を大にして言う。

「当然です、彼女は精霊ですから」

このような状況下でも、ノエ・セルジオス卿は落ち着き払った声で答える。

「では、メアリ王女殿下付きの侍女か。確か、名はアルガとかいう……」

「さすがは父上、情報が早いですね」

「精霊と人とのあいだに生まれた子は、必ずや歴史に名を残す偉人になるという――これはさっそく、王女殿下に婚約の許可をいただかなければ」

いそいそと部屋を出て行く侯爵の後ろ姿をぼんやりと見送ったあと、

『あーあ、言わんこっちゃない』

『人間なんかに化けるからそうなるんだよ』

『僕らの忠告を聞かないから』

『だよねぇ』

仲間である精霊たちの声は、普通の人間には聞こえないと分かっていても、「うるさい」と小声で言い返してしまう。

それからしばらく経って、

「愛しています、私のアルガ」

わたしの前で片膝《ひざ》をつき、わたしの手をとって、優しい顔立ちをした男は言った。

彼の名はノエ・セルジオス――宰相を父に持つ侯爵家の嫡男で、アキレス皇子の側近。

「今日からあなたは、私の婚約者です」

わたしは相変わらず、まともに彼の目を見ることはできなかったけれど、頷《うなず》くことはできた。

番外編②　新婚夫婦は妖精のいたずらに振り回される

アキレスとの結婚式を目前に控え、メアリは落ち着かず、衣装部屋の中を行ったり来たりしていた。そんなメアリを、アルガが心配そうに眺めている。

「少しは落ち着いたら？　って無理な話よね」

「お式で失敗したらどうしましょう。もしもアキレス様に恥をかかせてしまったら……」

式の流れはしっかり頭に叩き込んでいるし、予行演習も済んだ。けれどいざ本番を前にすると、緊張のあまり、覚えたことを全て忘れてしまいそうになる。

「予行演習でも一度も失敗しなかったでしょ？　メアリなら大丈夫よ」

「本番と予行演習じゃ、雰囲気が全く違うもの。きっと何かやらかすに決まっているわ」

「その時は皆でフォローするから……って、そういえばあいつらがいない」

あいつらというのは精霊たちのことを言っているのだろう。

呆れたように辺りを見回すアルガに、メアリは笑いながら答えた。

「あの子たちなら厨房に入り浸りよ。式で振る舞われる料理のことで頭がいっぱいみたい。お菓子は出るのかって心配していたもの」

アルガは呆れたように天を仰ぐと、

「……あいつら」

同じ精霊として恥ずかしいとぼやく。そんな彼女の姿を見、自分だって少し前までは「お菓子、お菓子」と騒いでいたくせにと、メアリは微笑ましく思った。

アルガは変わった。

メアリの侍女として、人間の名前を得、人間を愛するようになってからというもの、人間寄りの考え方をするようになっていた。

そのことを嬉しく思うのと同時に、少しだけ寂しい気がするのはなぜだろう。


——贅沢な悩みよね。

お互い結婚したら、今までのようにずっと一緒にはいられない。なぜなら彼女は完全に人間になってしまうから。自分よりも、夫であるノエのそばにいたいと思うだろう。

——喜ばしいことなのに。

子どもじみた、つまらない感傷に浸るのはよそうと、メアリは殊さらはしゃいでみせる。

「でも大丈夫よ。念の為に、私が都一番の洋菓子店に大量の焼き菓子を注文しておいたから。あの子たちの好みに合うよう、甘めにね。お昼頃には届くと思うけど。精霊たちのお席も用意してもらったし。家具職人にお願いして、ミニチュアのテーブルセットを作ってもらったの。とっても可愛いんだから」

「メアリ、お菓子のこともあいつらのことも忘れていいから。今は自分のことに集中して」

「ああ、そうだったわ。お式で失敗したらどうしましょう」

「だから、しないってば」

「でも、万が一ということもあるし……」

「余計なことは考えないで。メアリはアキレス殿下のことだけ見ていればいいのよ」

その瞬間、二人で過ごした甘い記憶が突如として蘇《よみがえ》り、メアリは恥ずかしさのあまりいたたまれなくなってしまう。

彼に自分の気持ちを打ち明けてからというもの、アキレスの態度はがらりと変わった。

とにかく彼はメアリに甘いのだ。メアリがどれほどつまらない話をしても嬉しそうに耳を傾けてくれるし、またどれほど疲れていようと、忙しいスケジュールの合間を縫って必ず会いにきてくれる。ある時は、メアリが夢中になっておしゃべりをしていると、その様子がとても可愛らしいからと言って突然抱き抱え、自分の膝《ひざ》に乗せたこともあった。

——あの時は気絶するかと思ったわ。

距離は近すぎるし、じっと見つめられて緊張するしで、いつも以上に無口になってしまった気がする。

その上、彼が耳元や首筋に触れてくるので、無駄に息が上がってしまい、何度酸欠になりかけたことか。

——早く、こういうことにも慣れていかないと……

さもなければアキレスをがっかりさせてしまうだろう。

彼は少しでもメアリの緊張を解こうと、懸命に話しかけてくれているのに。

——でも、話の内容がちっとも頭の中に入ってこないのよね。

二人きりになった途端、抱きしめられたり、キスをされたりするのはしょっちゅうで、冷静に物事を考える余裕もない。メアリが驚いて固まったり、うまく反応できずに俯《うつむ》いたりしてしまうと、なぜか申し訳なさそうに謝られてしまうのが常だ。

「いつも我慢がきかなくてすまない」

謝らないで欲しいと言えば、またもや申し訳なさそうにキスをされて……身体は熱くなるし、息は上がるしで、エンドレス。

『僕らからしてみれば……』

『単にイチャイチャしているようにしか見えないけど』

『だね』

『けっ』

精霊たちにも嫌味を言われてしまう始末。

そんなことを考えている間に、

「メアリ」

アルガが慎重な手つきで豪華なウエディングドレスを持ってくる。

それから懐中時計を見、慌ただしく準備を始めた。

「そろそろ着替えないと」

「あら、もうそんな時間？」

再び「お式を失敗したら……」と不安にかられるメアリに、アルガは呆れて言った。

「そんなことどうでもいいから、メアリにとって、一番大切なことは何？」

「お式を成功させて、アキレス様をがっかりさせないこと、かしら？」

「メアリったら……式が成功すれば、他はどうでもいいの？」

「あら、そんなことはないわ」

「一番大切なのは、メアリ自身ががっかりしないこと、でしょ？」

アルガの何気ない一言が胸に突き刺さり、メアリは背筋を伸ばした。

そうだ、この結婚式は誰のためでもない、自分が望んだことなのだ。

王国を追放された時に誓ったではないか。

これからは、他の誰のためでもない、自分のために生きると。そして必ず幸せになるのだと。

こんなところで弱気になって、立ち止まっている場合ではない。

「アルガ、ごめんなさい。もう平気よ」

アルガは頷《うなず》くと、笑みを見せる女主人を眩しそうに見上げた。

◇

「お二人を夫婦として認めます。では、こちらにサインを」

眩いばかりの純白のドレスに身を包んだメアリは、頬を紅潮させながら結婚式に臨んでいた。

凛々しい軍服姿のアキレスをチラチラと盗み見しつつ、幸福感に酔いしれる。

まずはアキレスが婚姻証明書にサインをし、続いてメアリがサインをする。

式は滞りなく終了し、メアリは満面の笑みで祝賀会に出席した。

常にアキレスがそばにいてリードしてくれたおかげで、緊張することなくパーティーを楽しむことができた。

招待客の中には実父の姿もあり、アキレスに対して義父というより臣下のように接していた。

◇

そして夜になった。

夫婦の寝室で、胸を高鳴らせながら夫の訪れを待っていたメアリだったが、いつまで経ってもアキレスは現れない。暗い表情を浮かべるメアリを見て、精霊たちが即座に行動を起こした。初夜を待ちわびる新妻に待ちぼうけを食らわせるなど言語道断とばかりに、アキレスのところへ殴り込みに向かったのだが、

『大変だよ、メアリっ』

『エマージェンシー発生っ、エマージェンシー発生っ』

精霊たちが連れてきたのはアキレスではなく、砂色の小さな子猫だった。大勢の精霊たちが
『わっせっ』『よいせっ』と掛け声をあげながら子猫を抱えて連れてくる光景があまりにも可愛らし

く、メアリは現状も忘れてほっこりした。

「ちょっ、メアリっ、和んでる場合じゃないから」

仲間から事情を聞いたアルガが、慌てたように口を挟む。

「それ、子猫じゃなくてアキレス殿下よ」

「ちなみに猫ではなくて、獅子《しし》の赤ん坊です」

言いながら、アルガに続いて部屋に入ってきたのはノエだった。

彼の話によると、突然、目の前でアキレスが気絶したかと思えば、彼の身体がみるみる縮んでしまい、気づけば獅子《しし》の赤ん坊の姿に変化していたという。

「どうやら呪いをかけられたようですね」

笑いを含んだ声で彼は続ける。

それが事実なら笑い事ではないと、厚めのガウンを羽織りながらメアリは動揺した。

「アキレス様、私のことが分かりますか？」

すぐさま話しかけるものの、獣の姿をしたアキレスはすやすやと寝息を立てていて、「まあ、なんて可愛らしいの」と思わず頬が緩んでしまう。

「分かりました、この子は私が責任を持って育てます」

「早まらないで、メアリっ」

とりあえずストップをかけつつ、

「まさか、あんたたちじゃないでしょうねぇ？」

ギロリとアルガに睨《にら》まれた精霊たちは、

『確かに僕たちのやりそうなことだけど』

『僕たちじゃないよねぇ？』

『じゃあやったの誰よ？』

『さあ、誰だろ』

不思議そうに首を傾げている。

「アキレス様は敵が多いですから」

やれやれといったように肩をすくめるノエに、

「いまいち危機感ないわね」

とぶつぶつ文句を言うアルガ。

『だいたい、僕らがこんなチンケな呪いをかけるもんか』

『そうだそうだ』

『妖精じゃあるまいし』

『そうだそうだ』

アルガは困ったように腕組みすると、再びアキレスに視線を戻した。

「呪いには直接的な呪いと、間接的な呪いがあるんだけど、アキレス様を見る限り、後者っぽい気がするのよね」

「間接的な呪い……呪いの指輪や首飾りといった類の話ですか？」

「ええ、呪いが込められた物を身につけたか、触れたかしたんだと思うわ」

アルガの説明に「なるほど」とノエとメアリは頷《うなず》く。

「それを見つければいいのね？」

「見つけ次第、破壊すれば解呪できるわ」

「ノエ様、どうでしょう？　アキレス様のおそばにいて、何か気づかれたことは？」

「そわそわと落ち着かない態度で――おそらく初夜を控えていたからでしょうが――何を訊《たず》ねても上の空、正直、仕事も手につかないといった体たらくで……あのご様子では、暗殺者に後ろから刺されたとしても気づかないでしょう」

頬を赤くして俯《うつむ》くメアリの代わりにアルガが口を開いた。

「アキレス殿下の剣はどう？　わずかだけど魔力を帯びているでしょ」

「確かにいつも肌身離さず身に付けておられますが……」

ノエは不思議そうに答える。

「これまでは何ともなかったのに、急に呪いが発動したと？」

「古い剣だし、その上強化魔法がかけられているから、ありえない話じゃないでしょ」

それを聞いて瞬時に姿を消した精霊たちだったが、

『念の為に持ってきた』

『試しにぶっ壊す？』

メアリは弾かれるように顔を上げると、慌てて言った。

「ダメよ、アキレス様の許可もないのに」

「軍に入る前、陛下から直々に賜《たまわ》った剣ですからねぇ」

そうであれば国宝級の代物に違いない。

そんな貴重な物を安易に壊せないとメアリは強く主張する。

「でもメアリ、このまま殿下の呪いが解けなくてもいいの？」

「その剣のせいだとは限らないでしょう？」

『そんなの、壊してみれば分かることだよ』

『問題なければ鍛冶屋で元通りにしてもらえばいいさ』

精霊たちの言葉をノエに伝えると、「それもそうですね」と彼はケロリとした口調で言った。

「殿下のお命には代えられませんから」

『と、いうことで』

『いっせのせっ、で真っ二つといきましょうか』

やたらと張り切る精霊たちを見て、メアリは本当にいいのかとハラハラしてしまう。

『では早速』

『いっせ～の～』
声が聞こえたのはその時だった。
『や～め～て～むにゃむにゃ』
小さすぎて、思わず聞き逃してしまいそうな声だったが、確かに聞こえた。
精霊たちも動きを止めて、キョロキョロしている。
メアリは素早く声の主を捜し、まさか……とテーブルの上に置かれた剣を見た。
これまで気づかなかったが、剣の柄の辺りに小さな何かがくっついているようだ。
何かしら、と思い目を凝らすと、
「きゃっ、虫っ」
『虫じゃないよ、むにゃむにゃ』
どうやら芋虫に似た妖精らしい。
「あら、ごめんなさい」
とすぐさま謝罪するものの、
『すーすー』
寝息が聞こえるのはなぜだろう。
『このイモ野郎、起きやがれっ』
『たぬき寝入りしやがってっ』

『このお方をどなたと心得るっ』

『我らが女王陛下のお孫様ぞっ』

『ひかえおろうっ』

いきり立つ精霊たちを「まあまあ」となだめながら、本当に寝ているのかしらとメアリは首を傾げる。アルガはアルガで、この状況を懇切《こんせつ》丁寧にノエに説明していた。

「あなたはアキレス様の剣に宿る妖精さん？」

『そうだよ、むにゃむにゃ』

「もしかしてあなたがアキレス様に呪いをかけたの？」

『ぼくじゃないよ……むにゃむにゃ』

否定しつつも、『ぼくのせいかもしれないけど』と、ごくごく小さな声を付け加える。

「この子は関係ないそうよ」

「メアリったら、信じるの？」

『そうだ、この妖精は嘘をついているに違いない』

『この下等生物めっ』

「あなたたち、言葉がすぎるわよ」

相変わらず、精霊たちは妖精に対してアタリが強いと窘めつつ、

「イモムシの妖精さん、アキレス様が呪いをかけられたことは知っているわよね？」

『知らない……むにゃむにゃ』
『早速嘘つきやがって、このイモ野郎っ』
『こいつは信用ならないなっ』
『正直に話さないと塩をかけるぞっ』
『溶かされたくなかったら知っていることを全部吐けっ』
このやりとりを見て、
「あんたたち、イモムシとナメクジの違いも分からないの？」
アルガの呆れたようなツッコミをスルーしつつ、
『ヤっちまう？』
『ああ、ヤっちまおう』
精霊たちは密談を始めていた。
「この子に手を出したら許さないから。もちろん、お塩をかけるのもダメよ」
そんな彼らに目を光らせつつ、メアリは頭を悩ませる。
――アキレス様の呪いに、この子が関係しているのは間違いないと思うのだけど。
肝心の妖精は「すーすー」と安らかな寝息を立てていて、起きる気配はない。

『たくさん眠って、立派な蝶《ちょう》になるんだ……むにゃむにゃ』

時おり寝言めいたことを口にするだけ。

それでもめげずに話しかけるものの、まるで答えてくれず、「完全に眠ってしまったみたいね」とため息をつく。

◇

結局、解決策が見つからないまま夜が明けてしまった。

目元に隈を作りながらも、アキレスにミルクを与えようとしたメアリだったが、

――少し、大きくなってる？


昨晩はまだ生後まもないといった感じの獅子《しし》の赤ん坊が、ぱちっと目を開けて、ウロウロと動き回っていた。頼りなくて儚げで、なんて可愛らしいの、とため息をこぼしつつ、そっと抱き抱える。

「アキレス様、私のことがお分かりですか？」

試しに話しかけるものの、「みゃっ」と猫のような鳴き声が聞こえて、メアリはだらしなく頬を緩ませる。

「そのようなお姿になられて、さぞかし不安でしょう。ですが心配はいりません。私が責任をもってお世話させていただきますわ」

それを聞いたアキレスは、いっそう不安そうに「……みゃ」と返事した。どうやら変わったのは姿だけで、中身に変化はないらしく、「このような姿になっていたたまれない、とおっしゃっているわ」とすかさずアルガが通訳してくれた。

「みゃ、みゃ」

「せっかくの夜を台無しにしてしまい申し訳ない、だそうよ」

「まあ、アキレス様、どうかお気になさらないで」

呪いをかけられても尚、自分のことを気にかけてくれるアキレスに涙ぐみながらメアリは言った。

「私は、こうして一緒にいられるだけで幸せですから」

そのままミルクを飲ませようとすると「……みゃあ」と軽く抵抗されてしまった。肉球のある小さな前足を突っぱねて、いやいやする様子を見、メアリは今にも悶《もだ》え死にしそうになる。

「それはそれで複雑、だそうよ」

『育児というより介護されてる気分になるんじゃない？』

『男としては辛いよねぇ』

「そういう話はメアリの聞こえないところでしてくれる？」

『あいあいさー』

再びアルガに睨《にら》みつけられた精霊たちはサーと部屋の隅に行くと、こそこそと話しだした。

『にしてもあれ、かなり厄介《やっかい》な呪いだよ』

『小さいうちはまだいいけど……』

『大きくなったら大変なことに』

『まあ、僕らの敵じゃないけど』

『そうだね、メアリは僕らが守るから』

◇

それから瞬く間に数日が経ち、メアリはある決意をした。

その日、メアリの部屋を訪れたノエが、ぽかんとしてこちらを見る。

「……妃殿下、そのご格好は？」

「アキレス様を連れて、しばらく実家に戻ります」

既に平民服に着替えたメアリはきっぱりとした口調で言った。

当然、実家とはレイ王国の王宮ではなく、精霊たちのいる【魔の森】のことだ。

本来、人間は立ち入り禁止なのだが、アキレスは既にメアリの夫であるし、今は人の姿をしていないため、精霊たちに立ち入りを許可してもらったのだ。

「これ以上、この部屋にアキレス様を閉じ込めておくわけにもいきませんし」

「確かに、以前よりも大きくなられましたね」

言いながらノエは、メアリの隣にちょこんと座る獅子《しし》の子ども——アキレスを見た。

「さすがは殿下、成長速度がずいぶんとお早いですね」

「シャーッ」

「上から見下ろすなっ、って怒っておられるわよ」

後ろで控えているアルガの通訳に「それは失礼」とノエは笑いながらしゃがみこむ。

「それにしても、かつて戦場の獅子《しし》と呼ばれた殿下が、本当に獅子《しし》になられるとは——ッつ、なぜ引っ掻《か》くんですか」

「シャーッ」

「絶対に面白がっているだろ、お前、とおっしゃっているわ」

「ひどいことを。これほど殿下に尽くしているというのに。見てください、私の腕を。殿下のせいで引っ掻《か》き傷だらけですよ」

「シャーッ」

「微妙に嬉しそうな顔をするな、気持ち悪い、だそうよ」

二人のやりとりを微笑ましく思いながらメアリは「それに」と口を挟む。

「この件が陛下のお耳に入る前に身を隠したほうがいいかと思いまして」

「それもそうですね」

ノエは立ち上がると、「あとのことはお任せ下さい」と笑みを浮かべる。

「とりあえず、お二人は新婚旅行に行かれたことにしましょう。皇太子殿下にも休暇は必要ですから」

時期的にタイミングが良かったのか、ノエは快く送り出してくれた。

呪いが解け次第すぐに戻ると約束し、精霊たちの魔法で瞬時に魔の森へと転移する。

森に着いた途端、駆《か》け出したアキレスを追って、メアリも小走りに走り出した。

「見て、アルガ。アキレス様ったらあんなにはしゃいで、走り回っておられるわ」

これまでずっと、目立たないよう、部屋でじっとしていたのだ。無理もない。しかし森にいる精霊たちはやや警戒した様子で、アキレスを遠巻きに眺めている。

「メアリ、何度も言うようだけど……」

「分かっているわ、アルガ。アキレス様がここにいられるのは獣の姿をしている間だけ」

「呪いが解けて殿下が人間の姿に戻ったら、仲間たちは容赦なく彼を攻撃するわ」

そうなる前に自分が彼をここから連れ出すと、メアリは再度約束した。

「それにしても、このイモ……妖精まで連れてくるなんて」

ずしりと重みのある剣を指さされて、

「あら、この子は必要よ。呪いを解く手がかりになるもの」

「だといいわね」

呆れたように言いながらアルガは精霊の姿に戻ると、メアリの周りを飛び回る。

『当の本人は、いつどこで呪われたのか、全く覚えていないし』

「それも呪いに含まれている可能性は？」

『……ありうるわね』

ひとしきり走ると、見慣れた小屋が現れて、ほっと息をつく。

「ひとまずお茶でも飲んで、ゆっくりしましょう」

扉を開けたままアキレスを呼ぶと、彼は飛ぶようにやってきた。

メアリの足元にすり寄り、ごろごろと喉を鳴らす。

「まあ、ずいぶんとご機嫌ですね」

『ここに来られてとても喜んでおられるわ。メアリとずっと一緒にいられるって』

それを聞いたメアリは感激のあまり涙ぐみ、そっと彼を抱き上げる。

「私も同じ気持ちです」

答えて抱き寄せると、ざらりとした舌でぺろりと頬を舐められた。胸がキュンと高鳴り、あまりの可愛らしさにぎゅうぎゅう抱きしめると、「ぐぅ……」という妙な鳴き声が聞こえて、慌てて力を抜く。

「ごめんなさい、苦しかったですか？」

『違う意味で胸が苦しいそうよ』

『ああ、メアリ、察してあげなよ』

『見た目は子ども、中身は大人』

『羊の皮をかぶった狼』

『正確には獅子《しし》の皮をかぶった人間でしょ』

『……それってどういう意味？』

『さあ？　どういう意味だろ』

そんな精霊たちを横目に、メアリはそっとアキレスを地面に下ろすと、外から水を汲《く》んできて、お湯を沸かす。

お茶の準備をしている間もアキレスが足元にまとわりついて離れないので、たまらず笑い出してしまった。

「アキレス様ったら、お願いですから少し離れてください」

「……みゃ」

「怒ったのではありませんわ。うっかりおみ足を踏んでしまいそうで、怖いんです」

「みゃ」

そういうわけならと、少し離れた場所でちょこんと座る。そんなアキレスを盗み見ながら悶《もだ》えているメアリを見、精霊たちはこそこそと話し出す。

『おい、通訳なしで会話が成り立っているぞ』

『森のおかげかな？』

『女王陛下の魔力がそこかしこに充満しているからじゃない？』

『……二人きりにしてあげようか？』

『そうだね、何せ二人は夫婦だし？』

『ハネムーン中だし』

いつの間にか、精霊たちが姿を消していることにも気づかず、メアリは申し訳なさそうにアキレスに話しかけていた。

「できればすぐにでも呪いを解いて差し上げたいのですが、まだ方法がわからなくて」

「みゃ」

「急ぐ必要はない？　ですが……」

「みゃ？」

「そうですね、人間の姿に戻ればここにはいられません」

「みゃ、みゃ」

「まあ、アキレス様ったら。本当によろしいんですか？」

「みゃ」

よほどこの場所へ来られたことが嬉しかったのか、すぐに呪いを解く必要はない、人間の姿に戻る前に、ここでメアリがどのように暮らしているのか知りたいと強く望まれて、メアリは噴き出してしまう。

◇

朝食の準備をしていると、後ろから軽く服を引っ張られて、メアリはぱっと振り向いた。精霊たちのいたずらかと思いきや、アキレスだった。

また少し成長した彼は、ひざ下くらいの大きさになっていて、爪や牙も鋭く、徐々に猛獣らしさを醸し出している。けれどメアリの目には依然として可愛い子猫ちゃんにしか見えず、

「もうすぐご飯ができますからね」

ご飯を催促されているのだと思い、微笑んだ。

「ガウ」

「違う？　ただ構って欲しかっただけ？　もう、アキレス様ったら」

照れて恥ずかしがるメアリに「グゥ」と喉を鳴らすと、アキレスはおもむろに後ろ足で立ち上がった。前足を器用にメアリの肩に置いて、ぺろぺろと頰を舐め始める。

毛づくろいを好む猫の舌はザラザラしているが、獅子《しし》ともなるとさらに強力で、獲物の骨に残った肉を舐めてそぎ落とすことができるほどだ。

しかしアキレスの舌は、ザラっとはしているものの、痛みを感じるほどではない。力を加減してくれているおかげか、それともまだ人間的な部分が残っているのかは不明だが、くすぐったい程度だ。

傍から見れば、背後から猛獣に襲われ、今にも食われそうな体勢をとっているものの、メアリは気にしなかった。

ただ彼に甘えてもらえることが嬉しく、なされるがまま、顔を赤らめる。

『おえっ』

『砂吐きそう』

『僕はもう吐いた。さっき食べたクッキー』

『もったいない』

『大丈夫、吐いたあとですぐに口の中に戻したから』

『やるなぁ、お前』

『それでこそ精霊の鑑《かがみ》だ』

こいつぅと肩を寄せ合いながら精霊たちは精霊たちで絆を深め合っていた。

「ん、アキレス様、そこは……」

一瞬だけ精霊たちの会話に気を取られたメアリだったが、いつの間にか床に押し倒され、なおもアキレスに舐められていた。上からのしかかられて、さすがに重い。すぐ近くで鋭い牙が見え隠れしている。

けれど既に頭の中がお花畑になっているメアリは、顔や首筋、胸元あたりを舐められても一向に気にしない。それどころか、

「可愛い、アキレス様」

自分を傷つけないよう、懸命に爪を立てないようにしている姿に胸をときめかせていた。

獅子《しし》の姿をしていても、アキレスはアキレスなのだ。愛する人に求められて喜ばない女はいないと。

『おい、さすがにこれはまずいんじゃないか』

『まずいよねぇ』

『何がまずいのよ、いいじゃない。二人は夫婦なんだから』

『げ、アルガ』

『来たの？』

『来ちゃ悪い？』

アルガが登場した途端、好き勝手騒いでいた精霊たちがさーっと部屋の四隅に散っていく。

残ったのはいつもの二人だけで、『のぞき見なんてサイテー』とアルガに睨《にら》まれていた。

『二人きりにしてあげるんじゃなかったの？』

冷たい視線にさらされながらも精霊たちは果敢に反論する。

『馬鹿っ、アルガっ』
『メアリをこんな猛獣と二人きりにしておけるかっ』
『見ろっ、今にも食われそうだっ』
『単にいちゃついてるだけでしょ？』
それの何が問題なのよ、と首を傾げられ、
『この鈍感野郎っ』
『このままメアリが――かんされてもいいってのかっ』
『人生最大の汚点になるぞっ』
『最悪、生きて帰れるか……』
『ん？　今何て言ったの？　……かん？』
『二度も言わせるなっ』
『頭に「獣」がついた「かん」に決まってるだろっ』
一瞬黙り込んだアルガだったが、
『……サイテー、死ねばいいのに』
仲間たちに向ける視線がいっそう冷ややかなものになる。
そんなアルガを無視し、戻ってきた精霊たちは輪になって会議を始めた。
『このままじゃ服を引き裂かれるのも時間の問題だぞ』

『ああ、奴は間違いなく興奮状態にある』

『例のものを見れば一目瞭然だ』

『メアリは気づいていないみたいだけど』

『あえて気づかせるか？』

『いや、かえって喜ばせる危険性が……』

『おい、みんな、奴がスカートに手をかけたぞっ』

『正しくは前足ね』

仲間たちの暴走を食い止められるのは自分しかいないと、アルガは仕方なく輪の中に身体をねじ込む。冷静な意見でなんとか彼らの熱を冷ましたかったが、議論はますます白熱していき、

『見ろっ、メアリのスカートがまくれあがってるっ』

『もう悠長に議論している場合じゃないっ』

『……助けに入るか？』

『いや待て、まだ早すぎる』

『助けに入るのは一線を超えてからだ』

『一線って？』

『相手は猛獣だよ、線引きが難しすぎる』

『メアリに噛み付いたら、とか？』

『爪を立てたら、とか？』
『メアリの服が奴のヨダレでべちゃべちゃになる前にだっ』
そうと決まればあとは行動に移すだけだと、精霊たちは輪を崩し、戦闘態勢に入る。
『行くぞっ、野郎どもっ』
『おおーッ』
『ちょい待ち』
アルガは両手を開いて、慌てて仲間たちの前に出る。
『そこをどけっ、アルガ』
『そうだっ、邪魔をするんじゃないっ』
『じゃなくて、なんか焦げ臭くない？』
『……そういえば』
『おい、見ろっ』
『朝食のパンケーキがピンチだっ』
『僕たちの貴重な宝がっ』
『黒焦げになる前に助けに行くぞっ』
目論見通り、仲間たちの関心が台所のフライパンへと向けられる。
彼らがお子様で助かったと、アルガはほっとした。

他人の恋路を邪魔する奴は馬に蹴られて死んじまえ――今度は馬に化けて暴れるのも悪くないかもと、幸せそうな新婚夫婦を見下ろして、アルガは微笑んだ。

◇

「はい、アキレス様、ご飯ができましたよ」

早く呪いを解く方法を見つけなければと思いながらも、アキレスとの暮らしをメアリは思いのほか楽しんでいた。

朝起きて夜眠るまで、一日中彼といられることが嬉しくてたまらない。

婚約期間中ですら、これほど彼を近くに感じたことはなかった。

――アキレス様もここでの生活が気に入ったようだし。

堅苦しい皇宮での生活に比べれば、ここは楽園だろう。

獣化しているせいか、彼は欲望に忠実で、遊びたい時は全力で森を駆《か》け回り、甘えたい時にはメアリにまとわりついて離れない。夜もくっついて眠っているせいか、少し離れただけで寂しさを覚えるほどだ。

――ずっとこうして、二人きりの世界に浸っていられたらいいのに。


叶わない願いだと分かっていながら口にすると、

「まあ、アキレス様も同じ気持ちですか？　嬉しい」

気づけば彼の大きさは成獣と変わらず、もう抱き上げることはできなくなってしまったけれど、メアリは暇さえあれば彼にくっついてべったりしていた。

アキレスも嫌がるどころか、ごろんと寝転がり、腹を見せて積極的にアピールしてくる。

太陽の香りがするアキレスの毛皮に顔をうずめて、メアリはその柔らかな感触を思う存分堪能した。

雨の日は外に出ず、一日中家にこもって過ごしたこともあった。そういう時は家の中を掃除して、それ以外はアキレスにくっついて、ごろごろしていたときに試しにブラッシングしてあげると、嬉しそうに喉を鳴らすので、今では日課になっている。

「アキレス様、大好き」

たまに彼への想いが溢れて、口から出てしまう時がある。すると彼もまた尻尾をぴんと立てて、柔らかな耳や頭をメアリの肩や首元にこすりつけてくるので、くすぐったくてたまらない気持ちになった。

――言葉にしなくても、アキレス様の気持ちが伝わってくる。

毎日にように愛を囁《ささや》かれている気がして、メアリは「きゃー」と叫んでジタバタしてしまう。スキンシップが多めなのも、人間だった時と変わらない。

メアリが座れば当然のように膝《ひざ》に頭を乗せてくるし、近くにいれば足や腰に尻尾を絡ませてくる。精霊たちは相変わらず、『おえっ』『よく飽きないよね』と辛辣《しんらつ》な言葉を残して逃げるように消えてしまうけれど、メアリはちっとも気にならなかった。

――だってこんなことができるのは、今だけ、だもの。

彼が人間の姿に戻れば、もうこの森にはいられない。

慌ただしい現実の世界に戻らなければならないのだ。

「アキレス様、気持ちいいですか？」

日当たりの良い場所で、いつものようにアキレスにブラッシングしていると、ぎゅうっと胸が締め付けられるような感じがして、メアリはたまらず彼の背中に抱きついていた。

どうかしたのか、というように鼻先をくっつけてくる彼に、メアリは「ふふ」と笑う。

「ごめんなさい、何でもないんです。ただ、幸せで胸がいっぱいになってしまっただけ」

こんな日々がずっと続けばいいのに。それを口にすればアキレスが不満そうに喉を鳴らすので、「そうですよね、ごめんなさい」と笑いながら謝罪する。

「この姿のアキレス様も好きですけど、人間の姿のほうがもっと好きですわ」

◇

異変に気づいたのは、ある朝のことだった。

「アキレス様、どうなさったの？」

その日、目覚めるといつも隣で眠っている夫の姿がなく、捜しに外へ出たところ、血まみれで歩いているアキレスを見つけた。彼はメアリに気づくと、なぜか近寄りもせず、慌てたように逃げ出してしまう。

「アキレス様、待って」

すぐに追いかけようとするものの、精霊たちに止められてしまった。

『追いかけちゃダメだよ、メアリ』

『狩りをしたばかりだから、気が立ってるんだ』

言葉の意味が理解できず、ポカンとしてしまう。

「……狩り？」

いつも食事の量は気にかけていたのに。そんなに空腹だったのかと愕然《がくぜん》としてしまうメアリに、

『お腹がすいているからじゃない』

普段とは打って変わり、精霊たちは真面目な顔で言った。

『現に殺すだけで食べてないしね』

『森の野生動物で狩りの練習をしているんだ』

『獲物を確実に仕留められるように』

獲物という物騒な響きに、背筋がゾクッとした。

「どういう……ことなの？」

精霊たちは答えるのを躊躇《とまど》っていたようだが、

『呪いのせいさ』

しつこく訊《たず》ねると、困ったように答えてくれる。

『成長したせいで、殺戮《さつりく》衝動を抑えられなくなってる』

『恐ろしい呪いだよ』

『肉体だけじゃなく、心まで獣になってしまうんだ』

『このまま成長を続ければ、やがて人としての理性を失ってしまう』

『早く彼のそばを離れないと……』

『君まで襲われてしまうよ、メアリ』
呪いがそこまで深刻化していたなんて、知らなかった。
自分の身を案じて精霊たちが忠告してくれているのは分かったが、

——アキレス様のおそばを離れることなんてできない。

メアリの答えは決まっていた。
「お願い、今すぐ私をあの人のところへ案内して」
しかし精霊たちはメアリの身を心配しているのか、
『それはできない』
『呪いにこめられた殺戮《さつりく》衝動は強烈だ』
『今は野生動物を狩ることで衝動を散らしているけど』
「私なら平気よ。自分の身は自分で守れるわ」
メアリは胸を張って答える。
そのためにアルガから魔法を教わっているのだから。
けれど精霊たちはしぶるばかりで、
『アキレスの身にもなってごらんよ』

『そうだよ、メアリ』

『メアリに会って、メアリを殺したいと思ってしまったら？』

『さらに彼を苦しめることになるだろうな』

それで先ほど、自分の前から逃げたのかと、メアリは唇を噛んだ。


――私のせいだわ。

ここでの日々があまりにも幸福で、愛する人と、心から安らげる場所で過ごせることが嬉しくて。

――けれどいい加減、現実に向き合わなければとメアリは覚悟を決めて、家の中へと戻った。


「妖精さん、起きて」

箪笥《たんす》の上に飾られた剣に話しかけるが、聞こえるのは『すーすー』という寝息だけ。それもそのはず、しばらく見ない間に、妖精はイモムシではなく蛹《さなぎ》の姿に変わっていた。それでもメアリは諦《あきら》めずに話しかけ続けた。

「どうしてもあなたの力が必要なの」

『もう遅いよ……むにゃむにゃ』

ようやく応じてくれた。その言葉にすがりつくようにメアリは訊《たず》ねる。

「遅いって？」

『この剣は、力を欲する者に力を与える。そして彼は力を求めた。愛する人を守りたかったから。剣は、その求めに応じただけ。祝福は、時として呪いにもなる……むにゃむにゃ』

混乱するメアリに、精霊たちが説明してくれる。

『つまり剣の魔力が暴走して、アキレスを獣に変えちゃったってわけ？』

『大昔にかけられた強化魔法だからね』

『そりゃガタがくるわけだ』

『誰もメンテナンスしてなかったの？』

愛する人を守りたかったから。

それが事実なら、アキレスがあのような姿になってしまったのは、自分のせいではないかと落ち込むメアリを、精霊たちが懸命に励ます。

『メアリが気にすることじゃない』

『そうだよ、自分を責めないで』

『全部この妖精のせいさ』

『そうだ、お前がさっさと口を割っていれば、こんなことには……』

やっぱり妖精は信用ならない、このイモ野郎、ああ今は蛹《さなぎ》か、引き裂いて中身をぐちゃぐちゃにしてやる――精霊たちに脅《おど》されて、哀れな妖精はぶるぶる震えていた。

『お、お慈悲を……むにゃむにゃ』

ここぞとばかりに「オラオラ」モードになった精霊たちは、妖精を逃がさないよう、四方をぐるりと取り囲むと、

『だったら今すぐ呪いを解け』

『メアリを悲しませるな』

『お前がこの剣から生まれた妖精なら……』

『呪いと同じ魔力が生命の源だろ？』

『だったら相殺できるはず』

『できんこともないですけど……むにゃむにゃ』

その言葉に、希望を見出したメアリは両手を胸の前で組む。

「私からもお願いします。どうかアキレス様の呪いを解いてください」

直後、精霊たちもラストスパートをかける。

『メアリにここまで言わせて』

『てめぇ、女王陛下のお孫様のお願いが聞けないってのか？　ああん？』

『この糸を切って、地面に落としてもいいんだぞ』

『今すぐ中身をぶちまけて、見られない顔にしてやろうか？』

小声で脅迫まがいなことを口にする。すると、

『わ、わかったよ、わかったから、ちょっと待って……むにゃむにゃ』

今にも泣きそうな声を出す妖精に、

『そんなに待っていられるかっ』

『事態は一刻を争うんだっ』

『三十秒以内で支度しろっ』

さらに追い打ちをかける精霊たち。

『ぼ、僕にも準備ってものが……むにゃむにゃ』

しかし容赦なく精霊たちの『い～ち、に～い、さ～ん……』というカウントが始まり、蛹《さなぎ》がもぞもぞと動き始めた。

『こうなったら、綺麗な蝶《ちょう》になって、あいつらを見返してやる……むにゃむにゃ』

やがて蛹《さなぎ》の背中がパカっと割れて、中から大きな羽が現れた。

しわしわに折りたたまれた羽が窓から差し込む陽光を浴びて、次第に伸びて、広がっていき……

『げっ、羽化が始まったぞ』

『でもあれ……蝶《ちょう》というより』

『蛾《が》だな』

『見てよ、あの羽の、目みたいな模様』

『おえっ、気持ち悪っ』

無事に羽化し、成虫となった妖精は誇らしげにメアリの前に立った。

虫は虫なのだが、心なしか、顔つきがきりっとしたように思える。

『僕の鱗粉《りんぷん》を君にあげる。それを皇子にかければ、呪いは解けるはずだよ』

メアリは感謝しながら、空の小瓶に鱗粉《りんぷん》を詰めると、すっと立ち上がる。

「あなたは一緒に来てくれないの？」

『僕はこの剣から動けないので』

「だったら私が……」

これにはさすがの精霊たちも黙っていられず、

『それはやめておいたほうがいいよ、メアリ』

『獣は鉄の匂いを嫌うから』

それもそうだと思い、妖精に留守をお願いして、メアリは外へ飛び出していった。

精霊たちの案内でアキレスを見つけたメアリは、血まみれの彼を見て、思わず怯んでしまう。獲物を咥《くわ》えて唸《うな》り声をあげる様子が、野生の獅子《しし》そのものだったからだ。

「……アキレス様」

驚かさないよう、そっと小声で呼びかける。

まだ彼の心が完全に獣化していないことを願いながら。

アキレスはメアリに気づくと、咥《くわ》えていた獲物を地面に落とした。

けれど今度は逃げようとせず、落ち着かない様子でウロウロと歩き始める。

時おり鼻をヒクつかせながら、メアリの周りをぐるぐる回っていた。


——早く呪いを解かないと。

小瓶を片手に近づこうとするものの、メアリが近づいた分だけ、アキレスはじりじりと離れてしまう。これでは一向に彼に近づけないとメアリは焦った。

——もしかして警戒している？　私を？


『というより、自分が何をするか分からないからじゃない？』

『メアリを傷つけないよう、距離をとってるんだ』

これでは埒《らち》があかないと、メアリは必死に考えて、あることを思いつく。

うまくいくか分からないが、彼が本当に自分のことを愛しているのであれば——そう期待し、メアリは悲鳴をあげた。

「きゃああっ」

まるで見えない誰かに刃物で刺されたような声を出して、うずくまる。
するとアキレスがびっくりしたように足を止めた。
両耳をぴんと立てて、じっとこちらを凝視している。
今にも駆《か》け出しそうにしているものの、なかなか近寄ってこない。
それで再度、メアリは悲鳴をあげた。
舞台女優にでもなったつもりで、いっそう叫び声に力を入れる。
一方の精霊たちは、
『急にどうしたの、メアリっ』
『包丁で指を切った時みたいな悲鳴を出して……』
『間違いないっ。刺されたんだ』
『誰だっ、メアリをヤったのはっ』
『白状しろっ』
『お前か？　お前だなっ』
内輪揉《も》めを始めた精霊たちの横を、風が通り過ぎる。
ものすごいスピードでメアリに駆《か》け寄ってきたアキレスが、鼻先をすり寄せると、
「捕まえたっ」
直後にメアリは彼にしがみつき、小瓶の中の鱗粉《りんぷん》を浴びせた。

するとアキレスの姿が徐々に人間の姿へと変化していく。

無事に呪いが解けてほっとしたのも束の間、

「きゃあっ」

メアリは再び悲鳴をあげて、両手で目を覆ってしまう。

なぜなら彼が裸だったからだ。

『だから誰だ、メアリをヤったのは？』

『ってか皇子がもとに戻ってる』

『呪いが解けてよかったねぇ』

『メアリはなんで顔真っ赤なの？』

「あんたたちって、ホント気がきかないんだから」

ため息をつきながらアルガが現れると、メアリは救世主を見るような目で彼女を見上げた。

人間の姿をしているのは、少し前までノエと一緒にいたからだろう。

頬を上気させて、夢見るような目をしている。きっと濃密な時間を過ごしたに違いない。

「アキレス殿下、これを。ノエから預かってきました」

事情は仲間たちから前もって知らされていたのだろう、特に驚いた様子もなく、持っていた衣類をアキレスに手渡した。

「戻るのが遅くなってごめんね、メアリ。ノエって話が長いから」

「ありがとう、アルガ。助かったわ」

「呪いが解けてよかったわね」

「ええ、剣に宿った妖精さんのおかげよ」

ちらちらとアキレスの着替えを盗み見ながら、彼が服を着たことを確認すると、メアリはあらためて彼に向き直った。

「アキレス様、私のことがお分かりですか？」

「ああ、メアリ、その……迷惑をかけてすまなかった」

アキレスは決まり悪そうに頬を掻《か》くと、

「あの姿だと、人としての理性や倫理観が欠如してしまうようで、ところどころ記憶が曖昧《あいまい》なんだ。

俺は君に、ひどいことをしていないだろうか？」

「ひどいこと、ですか？」

「例えば、君に噛み付いたり、引っ掻《か》いたりなどは……」

アキレスの不安を少しでも払拭しようと、メアリは微笑んで言った。

「なさいませんでしたよ。賢くて、とても愛らしかったですわ」

「そ、そうか」

「ただ、抱き上げるとすごく嫌がりましたでしょう？　それがちょっと悲しいというか、残念でしたわ」

「……残念ながらよく覚えていないな。それ以外で、君を困らせたりしなかっただろうか？」

彼が呪いにかかってからは、できる限り彼のそばにいた。この森に戻って、人目を気にしなくなってからは、食事をする時も、お風呂に入る時も、眠る時も、ずっと一緒だった。人の姿でいる時よりも、若干スキンシップが激しかったように思えるが、メアリは気にしなかった。やたらと舐めてくるのも、彼なりの愛情表現だったに違いない。

「いいえ、むしろ……」

「むしろ、何？」

これ以上は言えないと、メアリは赤くなっているだろう顔を隠した。

『おえっ』

『砂吐きそう』

「メアリ、さすがにそろそろ城へ戻らないと」

それもそうねと、立ち上がる。

ずいぶんと長いこと留守にしてしまったから、家臣たちが主人の帰りを待ちわびているはずだ。

「行きましょう、アキレス様」

しかし彼は名残惜しそうに周囲を見回すと、

「これで見納めか」

寂しげな口調でつぶやく。

ここでの生活がよほど気に入ったのだろう。

それはメアリも同じ気持ちだった。

「楽しかったな」

「またいつでも来ることができますわ」

「本当に？」

「次は私が、魔法で子犬の姿に変えて差し上げます」

それはさすがに勘弁して欲しいと、困ったように笑う。

メアリは思い出したようにぽんっと手を叩くと、

「そうだわ、アルガ、アキレス様に剣をお返ししないと」

「そう思って一緒に持ってきたわ」

さすがは有能な侍女だと感心しつつ、受け取った剣をアキレスに差し出す。

しかし彼は受け取らず、「できればここに置いたままにして欲しい」と言った。

「よろしいのですか？」

ああ、と彼は頷《うなず》く。

「この剣は、力を求める者に力を与える魔剣だ。けれど俺は、人の心を失ってまで、力を得たいとは思わない」

祝福は、時として呪いにもなる、という妖精の言葉を思い出して、メアリも納得する。

「ですが、御身を守るためにも武器は必要ですわ」

「剣の代えならいくらでもある」

それなら今度、こっそり精霊たちにお願いして、アキレスの剣に魔法をかけてもらおうとメアリは決意する。

どれほど危険な場所へ行っても、彼が生きて、自分の元へ戻れるように。


――私のこの気持ちも、呪いと同じなのかもしれないわ。


それでも彼には生きていて欲しい。無事な姿で、戻ってきて欲しい。

「愛してる、メアリ」

「はい、私も」

では帰ろうかと手を差し出されて、メアリは躊躇《ちゅうちょ》なく握り返す。

これからは、彼のいる場所が自分の帰る場所なのだと思いながら。

その数年後、皇太子妃となったメアリは情熱的な夫に愛されて、男児を出産する。

男児の髪色は父親譲りの金髪で、顔立ちは母親譲り、そしてそれは綺麗な、緑色の瞳をしていたという。

この作品に対する皆様のご意見・ご感想をお待ちしております。

おハガキ・お手紙は以下の宛先にお送りください。

【宛先】

〒150-6019 東京都渋谷区恵比寿 4-20-3 恵比寿ｶﾞｰﾃﾞﾝﾌﾟﾚｲｽﾀﾜｰ 19F
（株）アルファポリス　書籍感想係

メールフォームでのご意見・ご感想は右のＱＲコードから、
あるいは以下のワードで検索をかけてください。

アルファポリス　書籍の感想　検索

ご感想はこちらから

本書は、「アルファポリス」（https://www.alphapolis.co.jp/）に掲載されていたものを、
改題、改稿、加筆のうえ、書籍化したものです。

「お前《まえ》は魔女《まじょ》にでもなるつもりか」と蔑《さげす》まれ国《くに》を追放《ついほう》された王女《おうじょ》だけど、精霊《せいれい》たちに愛《あい》されて幸《しあわ》せです

四馬タ（しばた）

2024年 4月5日初版発行

編集－加藤美侑・森 順子
編集長－倉持真理
発行者－梶本雄介
発行所－株式会社アルファポリス
〒150-6019 東京都渋谷区恵比寿4-20-3 恵比寿ｶﾞｰﾃﾞﾝﾌﾟﾚｲｽﾀﾜｰ19F
TEL 03-6277-1601（営業）　03-6277-1602（編集）
URL https://www.alphapolis.co.jp/
発売元－株式会社星雲社（共同出版社・流通責任出版社）
〒112-0005 東京都文京区水道1-3-30
TEL 03-3868-3275
装丁・本文イラスト－にわ田
装丁デザイン－AFTERGLOW
（レーベルフォーマットデザイン―ansyyqdesign）
印刷－中央精版印刷株式会社

価格はカバーに表示されてあります。

落丁乱丁の場合はアルファポリスまでご連絡ください。

送料は小社負担でお取り替えします。


ISBN978-4-434-33631-7 C0093